PROF

Collection d

Au Bonheur des Dames
(1883)
Émile Zola

Colette Becker
Agrégée de l'Université
Docteur ès Lettres
Professeur à l'université de Paris X - Nanterre

Agnès Landes
Ancienne élève de l'École normale supérieure
Agrégée de l'Université
Docteur ès Lettres

Sommaire

Fiche Profil 5

PREMIÈRE PARTIE 7

Résumé et repères pour la lecture

DEUXIÈME PARTIE 29

Problématiques essentielles

1 Zola face à son temps 30
Les années de jeunesse (1840-1858) 30
Les années d'apprentissage (1862-1870) 30
Les Rougon-Macquart (1871-1893) 31
Les dernières années 32

2 *Au Bonheur des Dames* dans l'œuvre de Zola 33
Un projet ancien 33
Expériences personnelles 34
La peinture de nouveaux types d'hommes et de femmes 36
Le Grand Magasin à la «Une» de l'actualité 37
Un roman-exorcisme 38

3 Les personnages 39
Octave Mouret 39
Denise Baudu 42
Les comparses 45

© HATIER, PARIS, AOÛT 1999   ISSN 0750-2516   ISBN : 978-2-218-**74070**-2
Toute représentation, traduction, adaptation ou reproduction, même partielle, par tous procédés, en tous pays, faite sans autorisation préalable est illicite et exposerait le contrevenant à des poursuites judiciaires. Réf. : *loi du 11 mars 1957*, alinéas 2 et 3 de l'article 41. Une représentation ou reproduction sans autorisation de l'éditeur ou du Centre français d'exploitation du droit de copie (20, rue des Grands-Augustins, 75006 Paris) constituerait une contrefaçon sanctionnée par les articles 425 et suivants du Code pénal.

4 La revanche de la femme et de l'amour ... 49
Un roman d'amour ... 49
Passion amoureuse et passion du métier ... 49
Deux lectures du roman d'amour entre Denise et Mouret ... 51
L'« humanitairerie » de Denise ... 53

5 Structure du roman ... 55
Une construction antithétique ... 55
Reprise de scènes avec gradation ... 57
Autres procédés ... 57

6 Le temps ... 59
Tableau chronologique : les événements du roman ... 59
Étalement et contraction du temps ... 61
Temps romanesque et vérité historique ... 62

7 L'espace ... 65
Les lieux du roman ... 65
L'espace du « Bonheur des Dames » ... 65
Le magasin de 1864 à 1869 ... 66
Les agrandissements du magasin ... 67
L'appropriation de l'espace par Denise ... 69

8 Images et mythes ... 70
Une machine infernale ... 70
« Pareil à l'ogre des contes » ... 71
La cathédrale des temps modernes ... 72
Un culte nouveau de la féminité ... 72

9 Un roman naturaliste ... 74
Une conception nouvelle du roman ... 74
Une enquête minutieuse ... 75
Une présentation exhaustive du magasin ... 77
La question du point de vue ... 78
Libertés prises avec le réel ... 80
L'art de la description ... 82

10 **Le sens du roman** 83
Une réflexion sur le capitalisme 83
L'application de la loi de Darwin au Grand Magasin 84
La «gaîté» de la vie, moteur de l'évolution 87
L'illusion du paternalisme 88
Les incertitudes de Zola 90

TROISIÈME PARTIE   91

Six lectures méthodiques

1 «Alors, Denise [...] achevait de la séduire» (chap. 1) 92

2 «À la soie [...] extraordinaire» (chap. 4) 97

3 «À l'intérieur [...] sauterelles dévorantes» (chap. 4) 103

4 «Comme Denise [...] travail» (chap. 5) 108

5 «Le caissier [...] de nouveau» (chap. 9) 114

6 «Dès neuf heures [...] en chemin» (chap. 13) 119

ANNEXES   124

Bibliographie 124

Index – Guide pour la recherche des idées 125

Les indications de pages renvoient à l'édition GF-Flammarion de
Au Bonheur des Dames, *n° 239.*

Colette Becker a rédigé le résumé et les problématiques
essentielles.
Agnès Landes a rédigé la fiche-Profil, les repères pour la lecture,
les lectures méthodiques et l'index.

Édition : Carole de Fanti
Maquette : Tout pour plaire
Mise en page : Ici & ailleurs

FICHE PROFIL

Au Bonheur des Dames (1883)

Émile Zola (1840-1902)

Roman naturaliste   XIXᵉ siècle

RÉSUMÉ

L'intrigue se déroule à Paris entre 1864 et 1869, dans un Grand Magasin, «Au Bonheur des Dames». Denise Baudu, orpheline, arrive à Paris avec ses deux frères. Elle espère travailler dans la boutique de tissus de son oncle Baudu. Mais celui-ci ne peut l'employer car ses affaires marchent mal. Le Grand Magasin lui fait une terrible concurrence. Séduite par le nouveau magasin, Denise s'y fait embaucher comme vendeuse.

Les débuts sont très difficiles, et, malgré la séduction qu'elle exerce sur le patron, Octave Mouret, Denise est renvoyée. Elle vit une année de misère. Un soir, elle rencontre Octave. Frappé par son charme, il lui propose de revenir travailler au «Bonheur».

Denise s'impose comme une excellente vendeuse. De plus en plus amoureux d'elle, Mouret la veut pour maîtresse. Denise repousse ses avances, malgré l'amour qu'elle éprouve pour lui. Mouret finit par la demander en mariage.

PERSONNAGES

- **Les personnages principaux**
– **Denise Baudu,** l'héroïne, a 20 ans au début du roman. C'est une jeune fille très courageuse, intelligente, pure et dévouée.
– **Octave Mouret,** le patron du «Bonheur des Dames». Intelligent, entreprenant et ambitieux, il invente le commerce de l'avenir. Veuf et volage, il va trouver l'amour vrai avec Denise.

- **La famille de Denise**
- **Ses deux frères,** Jean, 16 ans, Pépé, 5 ans.
- **L'oncle et la tante Baudu,** petits commerçants ruinés par le «Bonheur». Ils sont aigris et hostiles au nouveau commerce.
- **Geneviève,** leur fille. Elle meurt au cours du roman.
- **Colomban,** commis des Baudu, fiancé de Geneviève. Il tombe amoureux d'une vendeuse du «Bonheur des Dames».

- **Les personnages secondaires**
- **Mme Desforges,** jeune veuve, riche et élégante, maîtresse d'Octave Mouret qui ne l'aime pas
- **Le baron Hartmann,** banquier et protecteur d'Henriette Desforges. il prête de l'argent à Mouret pour ses projets d'agrandissements.
- **Vallagnosc,** ancien camarade de lycée de Mouret. Pessimiste et désabusé, il représente l'aristocratie en déclin.
- **Bourdoncle,** sous-directeur du «Bonheur des Dames». Homme de confiance de Mouret. Il se montre très hostile à Denise.
- **Bouthemont,** premier vendeur au rayon de la soie. Après une belle carrière, il est licencié, et fonde à son tour un Grand Magasin.
- **Robineau,** employé au «Bonheur des Dames», puis licencié. Il crée ensuite son propre magasin de tissus.
- **Pauline Cugnot,** vendeuse et amie de Denise.
- **Bourras,** vieil artisan ruiné par le Grand Magasin.

CLÉS POUR LA LECTURE

1. Un roman naturaliste
Il expose le fonctionnement d'un Grand Magasin sur le plan commercial, financier et humain.

2. Un roman d'amour
L'idylle entre Denise Baudu et Octave Mouret constitue le fil directeur de l'intrigue.

3. Un roman du progrès
Le roman célèbre, non sans réserves, la dynamique du progrès. Les Grands Magasins procurent à la bourgeoisie plus de luxe et de bien-être.

PREMIÈRE PARTIE

Résumé et repères pour la lecture

CHAPITRE 1 (pages 41 à 66)

Arrivée de Denise à Paris

RÉSUMÉ

Lundi 3 octobre 1864. Denise, 20 ans, arrive à Paris avec ses frères, Jean et Pépé, dont elle a la charge depuis la mort de ses parents. Elle vient de Valognes, en Normandie, où elle était vendeuse. Comme elle n'y gagne pas assez, elle pense que son oncle Baudu, patron d'un magasin de draps et flanelles, «Au vieil Elbeuf», pourra l'engager.

Les jeunes provinciaux vont à pied de la gare Saint-Lazare à la rue de la Michodière, près de la place Gaillon[1], où logent les Baudu, en face du grand magasin «Au Bonheur des Dames». Zola nous fait ainsi découvrir le quartier, partie de l'actuel deuxième arrondissement, près de l'Opéra. Denise admire les façades du Grand Magasin, ses vitrines, ses étalages révolutionnaires, sa profusion de marchandises.

Ils arrivent chez les Baudu. Description, en antithèse, de leur boutique, petite et sombre, de ses propriétaires, rongés par l'amertume et l'anémie, de leurs habitudes de vie, des pratiques du petit commerce. Les affaires allant mal, Baudu ne peut pas engager sa nièce. Il l'accompagne chez des confrères, sans succès.

Zola décrit les petites boutiques du quartier, la lutte de leurs propriétaires avec le Grand Magasin qui les «mange» une à une, les difficultés des fabricants de tissus. Les Baudu racontent leur histoire et celle d'Octave Mouret, patron du Grand Magasin qu'ils haïssent. Une place de vendeuse étant libre chez lui, Denise, séduite par le «Bonheur des Dames», décide de s'y présenter malgré ce que lui dit son oncle.

REPÈRES POUR LA LECTURE

Une exposition vivante

Comme au théâtre dans la scène d'exposition, un romancier doit, au début de son récit, informer ses lecteurs des circonstances de l'action. Zola choisit de présenter pour la première fois le Grand

---

1. Voir le plan de la page 66.

Magasin à travers le point de vue de Denise et de ses frères. Ce procédé donne à l'exposition beaucoup de naturel. Au lieu d'un long exposé, les descriptions sont bien intégrées dans le récit principal, l'histoire de Denise. De plus, cela permet de fragmenter cette présentation en plusieurs temps, car la jeune fille aperçoit le «Bonheur des Dames» à des moments et sous des angles différents. Surtout, Zola a choisi de placer au début du roman un personnage comme Denise, petite provinciale pauvre, ignorant tout de Paris et des Grands Magasins. Elle sera d'autant plus sensible à son luxe et à sa taille exceptionnelle (voir lecture méthodique 6).

Deux mondes qui s'opposent

Le premier chapitre se déroule presque entièrement chez la famille Baudu. À travers elle, c'est tout un mode de vie qui apparaît, dans ses dimensions à la fois économiques et humaines. La vie de la famille est greffée sur celle de la boutique : on travaille et on vit au même endroit. La famille a une structure patriarcale. Baudu détient sur toute la maisonnée une autorité double de père et de patron. Le mariage de Geneviève avec le premier commis apparaît comme une tradition nécessaire, que personne ne remet en question. Au point de vue économique, le commerce des Baudu manifestement périclite, ruiné par la concurrence. Les cœurs sont dévorés par l'aigreur de la ruine et la jalousie devant le puissant voisin. La comparaison entre les deux univers est constante et passe par un réseau serré d'oppositions. Mais Denise, malgré sa parenté avec les boutiquiers, ne peut s'empêcher de la faire tourner à l'avantage du Grand Magasin, qui incarne pour elle la vie et la lumière.

CHAPITRE 2 (pages 67 à 93)

Denise au «Bonheur des Dames»

RÉSUMÉ

Le lendemain, Denise attend devant le magasin. Elle assiste à l'arrivée des employés et de Mouret. Il la regarde et la trouble. Ancien commis du magasin, il en a épousé la patronne, qui vient de mourir. Il assume la direction du magasin, assisté de six « intéressés[1] », au nombre desquels Bourdoncle, chargé de la surveillance générale. Il discute avec lui de ses projets d'agrandissement, puis fait comme chaque jour l'inspection de la maison. On prépare la grande vente des nouveautés d'hiver qui doit avoir lieu le lundi suivant. Mouret y joue sa fortune (p. 71).

Zola fait un portrait détaillé du jeune patron. Il passe en revue ses innovations (en particulier la guelte, le pourcentage donné aux vendeurs sur chaque vente), ses idées sur le commerce. Il nous promène dans les rayons et les services (réception des marchandises, vente par correspondance, expéditions, caisse centrale, bureau des vérifications...). Il présente les employés appelés à jouer un rôle : Bouthemont, Mignot, Hutin, Favier, vendeurs, Mme Aurélie, vendeuse en chef du rayon des confections, le père Jouve, un des quatre inspecteurs chargés de la surveillance du magasin. Mouret refait lui-même un étalage, dont les couleurs étonnent Denise qui s'est enfin décidée à entrer. Elle finit par arriver au rayon de la confection. On la trouve laide et triste. Mais Mouret est sensible au charme caché de la jeune fille (p. 91). Contrairement à son habitude, il intervient pour qu'on l'engage.

REPÈRES POUR LA LECTURE

La suite de l'exposition

Ce chapitre a pour fonction de décrire le fonctionnement de l'entreprise complexe qu'est le Grand Magasin, sans cependant ennuyer le lecteur. Cette fois, Zola adopte le point de vue de Mouret qui commence sa journée de patron. On suit les principaux moments du début de la matinée : entretien avec son second, Bourdoncle, puis inspection du Magasin. Au fur et à mesure des activités et des rencontres, Zola présente tous les principaux partenaires du patron, ses

---

[1]. Bourdoncle a mis ses économies dans la maison comme les cinq autres « lieutenants » de Mouret.

idées nouvelles, ses préoccupations. C'est de l'intérieur que les rouages du Magasin sont ainsi connus. Par ce procédé, Zola réussit à rendre vivant et intéressant ce second chapitre d'exposition.

Encadrement du chapitre

Si l'on observe le début et la fin du chapitre, on remarque qu'il s'ouvre et se referme sur deux scènes symétriques : Denise se trouve dans la rue, avant puis après l'entretien d'embauche, et échange quelques paroles avec Deloche, candidat au «Bonheur des Dames» comme elle. Ces deux brèves scènes rapportent l'action à l'héroïne, procédé que l'on retrouve dans d'autres chapitres. Le fil directeur du récit doit en effet rester romanesque, centré sur l'histoire de Denise.

CHAPITRE 3 (pages 94 à 118)

Chez Madame Desforges

RÉSUMÉ

Samedi 8 octobre. Nous sommes à l'heure du thé, dans le salon de Mme Desforges, la riche veuve d'un boursier, âgée de 35 ans. Elle est entourée de ses amies, toutes clientes du «Bonheur des Dames» : Mmes Bourdelais, Guibal, Marty, Mme de Boves et sa fille, ce qui permet au romancier de dresser le portrait des différents types d'acheteuses qu'on retrouvera par la suite. On ne parle que du magasin, de son propriétaire et de la grande vente prochaine.

Mouret, l'amant de la maîtresse de maison, arrive et retrouve un de ses amis de collège, Paul de Vallagnosc, petit employé à 3 000 francs au Ministère de l'Intérieur. Les deux hommes exposent leurs philosophies de la vie totalement opposées : Vallagnosc, son pessimisme (p. 101), Mouret, son enthousiasme et sa passion de la vie (p. 102). Mouret est venu rencontrer le baron Hartmann, directeur du Crédit Immobilier, âgé d'environ 60 ans. Il lui expose comment il conçoit le nouveau commerce, présente ses projets d'agrandissement permis par le percement de la rue du Dix-Décembre (actuelle rue du Quatre-Septembre). Il lui explique le fonctionnement de sa «mécanique à manger les femmes ». Il souhaite son soutien. La conversation met en relief le lien entre les banques, les grands travaux d'urbanisme et le développement des Grands Magasins. Hartmann lui promet de le financer si la grande vente prochaine est un succès.

Mouret se consacre ensuite aux amies de Mme Desforges sur lesquelles agit son charme. Zola analyse les conséquences de la démocratisation du luxe sur certaines acheteuses.

REPÈRES POUR LA LECTURE

Structure du chapitre

Composé de trois parties d'une longueur à peu près équivalente, ce chapitre met fin à l'exposition. Ces trois temps possèdent une profonde unité, car ils permettent de comprendre la personnalité de Mouret. L'entretien avec Vallagnosc expose sa philosophie de la vie ; la discussion d'affaires avec le baron concerne les projets ambitieux de Mouret et ses idées commerciales. Enfin, avec les dames, apparaissent ses qualités de séduction.

La dramatisation de l'entretien avec le baron

Le long entretien avec le baron comporte pour Mouret un enjeu important : il voudrait obtenir son soutien financier pour ses projets d'agrandissement. Le baron est d'abord réticent : il ne croit pas au succès d'une telle extension et se méfie de l'enthousiasme du jeune homme (p. 105-111). Dans la séquence suivante (p. 112-118), le banquier observe le comportement des femmes présentes. Celles-ci entourent avidement Mouret et le pressent de questions. Ébranlé et séduit, le baron décide finalement de lui donner une chance.

CHAPITRE 4 (pages 119 à 150)

Les nouveautés d'hiver

RÉSUMÉ

Lundi 10 octobre 1864. C'est un jour de grande vente. Zola montre les vendeurs et les vendeuses dans les différents rayons, leurs préparatifs, leurs façons de vendre, leurs rapports avec les clientes, les comportements des acheteuses avec les employés, leurs caprices, leurs différentes manières d'acheter. Mouret, d'abord au désespoir devant le peu d'affluence, reprend vite confiance. C'est un triomphe. Le romancier décrit le magasin l'après-midi, la cohue des acheteuses, les lumières, la chaleur... À la fin de la journée, règne «la gaieté brutale des soirs de carnage» (p. 148).

Denise débute ce jour-là. Elle s'installe dans la chambre qu'elle va occuper, sous les toits du magasin. Elle est engagée au pair : logée et nourrie, elle ne reçoit pas un salaire fixe. Elle ne peut compter, pour payer la pension de Pépé chez Mme Gras, que sur la guelte. Mais ses collègues se liguent contre elle pour ne lui laisser aucune vente. Elle est, de plus, la cible de leurs moqueries. L'élégante Mme Desforges, avertie «par un instinct» de l'attirance que Mouret éprouve pour la vendeuse, la raille à son tour. Mouret se joint à elles : Denise ne sait ni s'habiller, ni coiffer ses beaux cheveux, ni se tenir.

La recette de la journée est énorme : 87 742 francs et 10 centimes. Denise remonte dans sa chambre, ivre de tristesse et de fatigue.

REPÈRES POUR LA LECTURE

Fonction du chapitre 4

Ce chapitre constitue l'illustration de la philosophie commerciale de Mouret, exposée dans le chapitre précédent. Après les idées, la pratique : on assiste au triomphe du jeune homme, dont toutes les idées et les innovations rencontrent un franc succès.

Les différents points de vue

Les points de vue varient souvent. Celui de Mouret, inquiet puis triomphant, alterne avec celui des clientes. De nombreux dialogues enregistrent les réactions d'étonnement, d'enthousiasme ou d'admiration des acheteuses. Le lecteur suit les déboires de Denise, qui ne rencontre qu'échecs et moqueries. Enfin, on accompagne un vendeur, Hutin, tout au long de sa journée de travail. L'intérêt est relancé par la diversité accrue de perspectives et d'opinions sur le Grand Magasin (voir lectures méthodiques 2 et 3).

CHAPITRE 5 (pages 151 à 181)

La vie d'une vendeuse

RÉSUMÉ

D'octobre 1864 à juillet 1865. Denise est convoquée par Mouret. Blessé par les remarques de Mme Desforges, il veut la tancer sur sa façon de se coiffer et de s'habiller. Mais, ayant repris courage, la jeune fille s'est arrangée. Elle est transformée. Mouret, surpris, se montre bienveillant.

Zola décrit la vie de Denise dans le rayon, son «martyre» physique (celui de toute vendeuse débutante) et les persécution de ses camarades (p. 153). Elle arrive à grand peine à payer la pension de Pépé et à satisfaire aux exigences incessantes de son autre frère, toujours «dans des histoires de femmes».

Elle trouve cependant réconfort et aide financière auprès d'une vendeuse de la lingerie, Pauline Cugnot qui a, elle aussi, une chambre sous les toits du magasin. Pauline lui conseille de prendre un amant, comme le font toutes les autres vendeuses. Denise refuse, malgré sa détresse. Elle s'intéresse désormais aux histoires sentimentales du rayon, à Colomban, le commis des Baudu, promis à la fille de son patron, mais qui aime une vendeuse du Grand Magasin, Clara. Elle suit les disputes qui éclatent entre les différents rayons.

Denise accepte d'accompagner Pauline et son ami Baugé, vendeur au «Bon Marché», un dimanche, à Joinville. Nous apprenons alors la vie des employés en dehors du travail. Le timide Deloche, engagé en même temps qu'elle, lui avoue qu'il l'aime. Elle ne veut être que son amie. Quand elle rentre, ce soir-là, elle traverse le magasin et rencontre Mouret. En six mois, elle a beaucoup changé et Mouret éprouve un sentiment indéfini pour la jeune fille (p. 181).

REPÈRES POUR LA LECTURE

Un roman d'initiation à l'amour

Ce chapitre marque le début de l'éducation sentimentale de Denise. Elle commence à s'intéresser aux histoires amoureuses de ses collègues. Lors de la partie de campagne avec Pauline, elle éprouve des sentiments confus pour Hutin, un vendeur arrogant et vulgaire, dont elle se croit amoureuse ; elle repousse le timide amour de Deloche qui incarne désormais le personnage de l'amoureux transi. Face à son patron, elle éprouve des sentiments de malaise et de crainte qu'elle ne sait pas analyser, mais qui naissent d'un amour encore inconnu d'elle-même. Quant à Mouret, c'est à ce moment-là qu'il éprouve les premiers sentiments tendres pour Denise : lui aussi commence son apprentissage de l'amour véritable.

Le refus du mariage proclamé par Mouret s'appuie sur une justification superstitieuse : il faut un patron célibataire qui impose sa loi à ce peuple de femmes ; le mariage porterait donc malheur au succès du Magasin. Peu vraisemblable, cet étrange raisonnement possède en réalité une nécessité romanesque : c'est l'obstacle qui doit s'interposer entre les deux jeunes gens pour retarder le dénouement (voir lecture méthodique 4).

CHAPITRE 6 (pages 182 à 207)
Le renvoi de Denise

RÉSUMÉ

20 juillet 1865. C'est la morte saison d'été, la saison des renvois en masse. On supprime les rouages inutiles. Denise est toujours en butte à la méchanceté des autres vendeuses du rayon. Elles prétendent qu'elle a un amant et un enfant (en fait, ses deux frères). Elle est aussi poursuivie par la vindicte de l'inspecteur Jouve dont elle a repoussé les avances. Elle est renvoyée sur l'heure, après neuf mois de services : elle a été surprise dans les sous-sols du magasin avec son frère, venu, une fois de plus, lui demander de l'argent. Pour gagner quelques sous, elle passe ses nuits à coudre des cravates, travail que lui a procuré un vendeur au rayon de la soie, Robineau, en cachette de la direction. Bien que vendeur remarquable et malgré une ancienneté de sept ans, Robineau est également renvoyé, sous la pression de ses collègues, chacun espérant monter d'un échelon (p. 190).

Mouret qui, d'ordinaire, ne s'occupe pas des questions concernant le personnel, est très vivement irrité en apprenant le renvoi de Denise. Il ne revient pas, toutefois, sur la décison prise par Bourdoncle, très hostile, depuis le début, à la jeune fille. Celle-ci se trouve à la rue, le jour même, à 17 heures.

Au cours de ce chapitre, on a assisté au repas des employés, ce qui permet au romancier de décrire le réfectoire des hommes, celui des femmes, leurs habitudes.

REPÈRES POUR LA LECTURE

La critique sociale

Zola n'intervient pas directement pour critiquer la politique sociale du «Bonheur des Dames», ce qui est contraire à ses principes de romancier (voir p. 78). Mais la peinture qu'il en donne suffit à faire sentir son indignation. La séquence des renvois (p. 182-183), avec la reprise de la brutale formule «passez à la caisse», possède une force satirique rarement atteinte dans le roman.

L'attitude de Mouret : exploitation et paternalisme

À l'égard de son personnel, Mouret adopte une attitude complexe. Il cherche à exploiter au maximum les vendeurs. Son règlement impose des conditions d'existence très dures, sans aucune garantie sociale, conformément aux usages de l'époque. Cependant, il désire garder une bonne image. Il laisse donc à d'autres l'application des sanctions et se donne une attitude paternaliste et protectrice : il accueille poliment les récriminations des employés et multiplie les bonnes paroles (p. 194), sans rien changer pour autant.

CHAPITRE 7 (pages 208 à 233)

Denise vendeuse chez Robineau

RÉSUMÉ

De juillet 1865 à juillet 1866. Fâchée avec son oncle Baudu depuis son entrée au «Bonheur des Dames», Denise se retrouve brutalement à la rue, sans argent, sans logement, sans appui. Elle loue une chambre misérable dans la vieille maison où le marchand de parapluies Bourras tient commerce. Forcée de reprendre avec elle Pépé, dont elle ne peut plus payer la pension, elle passe six mois terribles. Elle ne surmonte cette misère noire que grâce à la générosité du vieux Bourras : malgré ses propres difficultés, il la prend comme employée.

Bourras se bat contre Mouret qui convoite son magasin pour agrandir le sien. Son travail d'artisan original est tué par les produits fabriqués en série et bon marché.

En janvier 1866, Denise est engagée par Robineau qui vient d'acheter un magasin du quartier. Bourras s'occupe de Pépé. Soutenu par un fabricant lyonnais, Gaujean, brouillé avec Mouret (dont les exigences accablent les fournisseurs, p. 220), Robineau veut engager la lutte avec le Grand Magasin. Denise, consciente de l'évolution du commerce, le met en garde. Il se ruine. Bourras, à son tour, engage la bataille, sans plus de succès. Il dévore ses économies. Mouret achète la maison. Le petit commerce est promis à la mort.

Un soir de juillet, Denise promène Pépé aux Tuileries et rencontre Mouret. Il regrette son renvoi. Ils ont une longue discussion : ils partagent les mêmes conceptions sur le commerce. Séduit pas ses «idées larges et nouvelles», troublé par son charme grandissant, il lui propose de revenir au «Bonheur des Dames». Elle refuse (p. 229). Il la charge alors de proposer à Bourras 80 000 francs pour qu'il quitte le magasin qu'il loue. Le vieux marchand refuse. Baudu se réconcilie avec sa nièce et l'invite pour le lendemain.

REPÈRES POUR LA LECTURE

La bataille entre commerçants

Une rude bataille des prix s'engage entre Mouret et Robineau. Le romancier obtient un effet de dramatisation en multipliant les rebondissements. Les efforts déployés par les adversaires sont considérables : rabais successifs, ruses, publicité du débat... Tout cela ne fait que mettre en valeur la victoire finale du «Bonheur des Dames».

La fin de l'artisanat est signifiée par les ultimes tentatives de Bourras pour résister à la concurrence de son puissant voisin. Il échoue lui aussi. Le romancier paraît regretter la qualité du travail artisanal, et pourtant, une fois encore, il donne la victoire au Grand Magasin.

Un chapitre central

Le chapitre 7, au centre du roman, constitue symboliquement un tournant : la jeune fille, au plus bas de son évolution, tombe dans une terrible misère. Cet épisode permet de montrer son courage devant l'adversité. La rencontre aux Tuileries (p. 228-230) est le point à partir duquel la courbe s'inverse. Désormais, Denise va revenir au Magasin, et s'imposer peu à peu. Les sentiments entre les deux héros prennent un tour décisif au moment de la rencontre aux Tuileries : la jeune fille a mûri et embelli. Mouret prend conscience plus nettement de l'attirance qu'elle exerce sur lui. Les deux personnages se retrouvent en dehors du magasin, et se parlent presque à égalité, annonce de leur entente future. Les deux intrigues, sociologique et amoureuse, sont de plus en plus imbriquées.

CHAPITRE 8 (pages 234 à 256)

Chez les Baudu

RÉSUMÉ

Juillet 1866 à mars 1867. Les travaux pour le percement de la rue du Dix-Décembre commencent. Parallèlement débutent les travaux d'agrandissement du Grand Magasin. Le quartier en est révolutionné.

Denise revient dîner chez les Baudu. Elle est frappée par la décrépitude de la boutique. Ils n'ont plus qu'un seul vendeur, Colomban. Celui-ci délaisse sa fiancée, Geneviève Baudu, qui est malheureuse. Denise défend, devant son oncle complètement buté, « l'évolution logique du commerce ». La misère guette les Baudu qui doivent vendre leur maison de Rambouillet. Leurs dernières clientes les quittent (p. 254).

Denise, irrésistiblement attirée par le Grand Magasin malgré les ruines qu'il provoque, se décide en février 1867 à quitter les Robineau dont les affaires vont de plus en plus mal. Elle revient au « Bonheur des Dames » avec 1 000 francs d'appointements.

REPÈRES POUR LA LECTURE

L'intérêt naturaliste pour le corps

Le roman naturaliste veut décrire l'homme dans toutes ses dimensions, y compris la dimension physique. Lorsqu'il évoque la maladie de Geneviève (p. 239-241), Zola décrit avec une précision clinique les symptômes de l'anémie qui la ronge et son état dépressif.

Baudu : une caricature du boutiquier

L'oncle Baudu, qui, pendant le repas (p. 236-238), défend le point de vue de la boutique, est présenté d'une façon caricaturale : immobilisme, rigidité intellectuelle, refus obstiné de la moindre concession à l'adversaire. Le trait est grossi, comme dans une scène de comédie : Baudu serait comique, s'il n'était pitoyable. Face à lui, Denise présente une argumentation rationnelle, puis, gênée, finit par se taire.

CHAPITRE 9 (pages 257 à 290)

Les nouveautés d'été

RÉSUMÉ

14 mars 1867. On inaugure les nouveaux magasins du « Bonheur des Dames ». La grande exposition des nouveautés d'été dure trois jours. Elle permet de mesurer les agrandissements et les embellissements. L'intérieur du magasin a été réaménagé. Mouret a dépensé 300 000 francs de publicité. Il distribue des ballons aux enfants.

Dès l'ouverture, un flot de clientes pénètre dans le magasin. Elles admirent les étalages. Zola décrit leurs différentes attitudes, la manière dont elles sont poussées au vol ou attirées par le bon marché, véritable maladie. Mme Desforges est présente ; jalouse, elle veut voir la maîtresse de Mouret dont on lui a parlé. Elle croit que c'est Denise, alors qu'il s'agit d'une autre vendeuse, Clara. Mme Desforges se montre insolente à l'égard de Denise qui reste très polie. Mouret décide de donner à la jeune vendeuse une place de seconde de rayon. On vient de monter la recette du jour, exceptionnelle. Mouret offre de l'argent à Denise. Il veut en faire sa maîtresse. Celle-ci a peur de succomber aux avances de son patron et se sauve.

REPÈRES POUR LA LECTURE

La structure du chapitre

Ce chapitre se divise en trois temps, selon une progression chronologique. Les préparatifs et l'arrivée de la foule (p. 257-266), le paroxysme de la vente (p. 266-286), la dispersion (p. 286-290). Une alternance est créée entre deux formes de narration :

– Les descriptions, nombreuses et détaillées : embellissements du magasin, envahissement des rayons par la foule qui s'écrase, nouvelles annexes créées par Mouret. Chacune de ces descriptions vient illustrer les idées de Mouret, et montrer la justesse de ses intuitions.

– Les dialogues. Les descriptions sont coupées par une série de dialogues : conversations entre clientes, entre acheteuses et vendeurs, entre Mouret et ses relations. Ces dialogues commentent les transformations du Grand Magasin. Souvent, ils présentent de brèves intrigues qui animent le chapitre : quête de Mme Desforges essayant de repérer puis d'humilier sa jeune rivale ; intrigue amoureuse nouée entre M. de Boves et Mme Guibal ; tentatives de vol d'une cliente inconnue, puis de Mme de Boves. Cette alternance permet de varier les effets. L'impression d'ensemble est enrichie par les points de vue particuliers. De plus, ils permettent une dramatisation.

Le génie commercial de Mouret

Les principes adoptés par Mouret pour conquérir les femmes sont énoncés au début du chapitre (p. 258-260) :

– Traiter les clientes comme des reines, les entourer d'attentions galantes, pour leur éviter fatigue et ennui.

– Chercher, par un savant aménagement des rayons, à donner partout l'impression d'une foule nombreuse ; contraindre les clientes à rester plus longtemps dans le magasin en créant un désordre voulu pour qu'elles se perdent.

– Tenter les acheteuses par tous les moyens, en attisant leur coquetterie, leur goût du paraître. Tenter les femmes économes par les enfants.
– Développer la publicité.

Mouret manifeste à la fois un talent de moraliste, par sa profonde connaissance du cœur féminin, et un génie commercial théorique et pratique : imagination, adresse, audace, sens des réalités (voir p. 39 et lecture méthodique 5).

Le Grand Magasin, lieu de perdition

Ce chapitre développe la thématique de la tentation et du vol. Le vol (p. 277 et 286) est considéré par Zola d'un point de vue social, non moral : les Grands Magasins sont responsables de cette « névrose nouvelle » par les tentations violentes qu'ils imposent à la clientèle. Mme Marty et Mme de Boves sont les deux principales victimes de cette folie de désir.

CHAPITRE 10 (pages 291 à 321)

L'inventaire

RÉSUMÉ

Le premier dimanche d'août 1867. C'est le jour de l'inventaire : le travail harassant dure jusqu'à dix heures du soir. Denise, blessée à la cheville, est restée dans sa chambre. Le romancier a ainsi l'occasion de décrire les nouveaux aménagements : chambres plus nombreuses et plus confortables, salon de réunion avec piano... (p. 293). Denise descend travailler malgré tout. Elle a conquis le rayon par sa douceur, sa modestie et son autorité. La première du rayon, Mme Aurélie, est tout particulièrement prévenante.

On a remis à Denise une lettre de Mouret : il l'invite à dîner pour le soir, comme il a l'habitude de le faire pour les vendeuses qui lui plaisent. Pauline a maladroitement répandu la nouvelle et tout le magasin guette leurs faits et gestes. Mouret arrive au rayon des confections et entre dans le bureau où travaille Denise ; Mme Aurélie se retire discrètement.

Denise refuse les avances de son patron. Pauline ne comprend pas sa réaction. Pour elle, il est naturel qu'une vendeuse réponde à l'invitation de Mouret. On multiplie racontars et insinuations perfides, on se dispute à leur sujet pendant les repas.

Mouret a fait aménager de nouvelles salles à manger et moderniser les cuisines. La nourriture est améliorée.

REPÈRES POUR LA LECTURE

Intérêt psychologique

Ce chapitre comporte peu d'action. Comme le magasin est fermé pour inventaire, les vendeurs sont entre eux. L'atmosphère est toute différente des jours de vente. Le romancier observe attentivement, à travers les dialogues, le climat psychologique qui règne dans la maison : un huis-clos de rumeurs, de ragots malveillants, de sous-entendus, d'allusions grivoises.

Évolution de l'intrigue amoureuse

Le chapitre est centré sur l'affaire de la lettre d'invitation, qui ouvre et ferme le chapitre. Cet épisode fait évoluer les rapports entre Denise et Mouret, les obligeant à s'avouer leurs sentiments : Denise a déjà pris conscience qu'elle portait à Mouret un amour profond. Pourtant, sa droiture morale se révolte à l'idée d'une aventure passagère, et sa dignité refuse le partage avec d'autres femmes. Le refus de la jeune fille précipite Mouret dans l'angoisse du rejet, et il commence à souffrir.

Zola naturaliste

La scène du réfectoire est un tableau naturaliste. L'observation de la réalité est poussée, grâce à l'abondance des détails vrais. Les étapes du repas, les commentaires furieux ou ironiques sur la nourriture, les conversations donnent beaucoup de vie à cette scène dont l'atmosphère est rendue avec justesse. Dans la description de la cuisine de la collectivité (p. 307), la taille prodigieuse des ustensiles donne au passage une dimension épique.

CHAPITRE 11 (pages 322 à 344)

Le thé chez Madame Desforges

RÉSUMÉ

Fin octobre, début novembre 1867. Délaissée par Mouret et très jalouse de Denise, Mme Desforges a décidé de la confronter avec son amant pour les confondre. Elle prétend vouloir faire retoucher chez elle un manteau qui ne lui va pas, prétexte pour humilier la vendeuse et la traiter avec insolence. Mouret, appelé par Mme Desforges, prend le parti de Denise. C'est une scène dramatique.

Mouret revient dans le salon. Il s'entretient avec le baron Hartmann et Vallagnosc, auquel il réaffirme sa confiance en la vie, malgré les refus qu'il essuie de la part de Denise. Mme Desforges, blessée par son attitude, décide de soutenir Bouthemont, renvoyé du «Bonheur» pour avoir commandé un stock trop important de soies fantaisie. Grâce aux capitaux qu'elle lui procure, il ouvre un magasin concurrent, «Aux Quatre Saisons».

REPÈRES POUR LA LECTURE

Le parallélisme avec le chapitre 3

À l'heure du thé, chez Henriette Desforges, ce chapitre fait écho au chapitre 3 : les mêmes personnages sont présents, les enjeux sont similaires. Cependant, on observe une modification des forces en présence : le baron se laisse convaincre par les idées de Mouret. Henriette, évincée par Denise dans le cœur de Mouret, est devenue son ennemie à la fin du chapitre.

Le drame de la jalousie

Une lente montée dramatique se produit pendant toute la première partie du chapitre : Denise attend, debout dans l'antichambre, pendant que les conversations désinvoltes l'insultent au passage. Progressivement, Mouret — et le lecteur — sentent venir la grande scène d'affrontement. Elle se produit à la fin du chapitre : folle de jalousie, Henriette veut absolument que Mouret désavoue cette prétendue maîtresse. Elle crée une tension psychologique, cherchant par divers moyens à humilier sa rivale. Mais la situation se retourne : c'est elle que Mouret rejette quand il prend le parti de Denise. Dans cette scène émouvante, le romancier oppose la dignité de la petite vendeuse à la mesquinerie de la riche bourgeoise.

CHAPITRE 12 (pages 345 à 375)

La douleur de Mouret

RÉSUMÉ

25 septembre 1868. Début des travaux de la nouvelle façade du «Bonheur des Dames», le long de la nouvelle rue du Dix-Décembre.

Denise prend de plus en plus d'importance dans la maison. Bourdoncle, qui juge redoutable l'emprise des femmes, et, en particulier, celle de Denise sur Mouret, cherche à la prendre en faute pour que celui-ci se détache d'elle. Elle refuse toujours les avances pressantes de son patron. Il est de plus en plus triste : sa réussite ne lui sert à rien ! Bourdoncle excite sa jalousie en accusant injustement Denise d'avoir pour amants deux vendeurs : Hutin et Deloche.

Les nouveaux magasins, les différents rayons et services sont longuement décrits.

On découvre que des employés volent et se livrent à des trafics (p. 356-357). On les renvoie. Mouret est de plus en plus furieux. Averti par Bourdoncle, il surprend Denise en compagnie de Deloche, originaire comme elle de Valognes. Se déroule alors une grande scène de jalousie et d'amour dont la jeune fille sort triomphante. Le lendemain, elle est nommée première d'un nouveau rayon pour enfants. Elle devient la conseillère du patron qui retrouve en elle sa femme, Mme Hédouin. Elle lui suggère, au fil des semaines, une série d'améliorations pour le personnel (système de congés accordés aux mortes-saisons, caisse de secours mutuels, cours du soir, orchestre, bibliothèque, médecin attaché au magasin, bains publics, salons de coiffure..., p. 371). Elle est en parfait accord avec Mouret.

REPÈRES POUR LA LECTURE

Une double fonction romanesque

L'intrigue amoureuse est désormais intimement liée à l'histoire du Grand Magasin. Le chapitre est en effet centré sur Mouret et sa passion malheureuse. L'épisode de l'inspection du magasin (p. 350-354) décrit le royaume de Mouret. Chaque paragraphe enregistre l'accroissement de sa puissance, mais se termine sur un constat d'échec : rien de tout cela ne compte plus, dès lors que sa passion reste insatisfaite. Ce procédé d'écriture, très visible, n'en est pas moins efficace. Les deux intrigues n'en forment plus qu'une seule.

Zola, peintre de la passion

L'errance de Mouret est décrite à travers un monologue intérieur qui restitue fidèlement ses tourments. Notons la richesse psychologique de ces pages. Le désir de Mouret s'est transformé en une passion vraie dont les manifestations sont analysées avec justesse : obsession amoureuse, avec l'image de Denise qui ne le quitte pas ; souffrance du désir insatisfait, qui se mue en torture ; modification du caractère habituellement aimable et optimiste de Mouret en humeur sombre et coléreuse ; idéalisation de la femme aimée, qui devient une idole, vénérée avec une « terreur sacrée » (p. 349). Jalousie enfin, qui se déclenche contre toute raison, et éclate dans la grande confrontation finale, point culminant du chapitre.

CHAPITRE 13 (pages 376 à 402)

La mort du petit commerce

RÉSUMÉ

Novembre 1868 à février 1869. Geneviève Baudu, que Colomban vient d'abandonner pour Clara, meurt. Tous les petits commerçants du quartier assistent à l'enterrement. La cérémonie tourne à « l'émeute » contre le « Bonheur des Dames » et Mouret, auxquels ils imputent la mort de Geneviève et leurs difficultés.

Le soir-même, Denise et Mouret discutent longuement à propos des nécessaires victimes du progrès. Denise finit par accepter la loi du plus fort, en se promettant de trouver, grâce à la puissance qu'elle a sur son patron, des soulagements à ces maux irrémédiables.

Robineau, acculé à la faillite, tente de se suicider. Mme Baudu meurt en janvier. Baudu, ruiné, reste seul et hébété, Bourras est exproprié par Mouret, la maison est démolie. L'un et l'autre refusent toute aide de Denise et du «Bonheur des Dames».

REPÈRES POUR LA LECTURE

Le symbolisme

Le chapitre 13, chiffre néfaste, est marqué par une forte signification symbolique. À travers l'agonie et l'enterrement de Geneviève, c'est le petit commerce qui est frappé de mort. Puis s'enchaînent plusieurs événements dramatiques qui tous se rattachent à la symbolique principale : successivement, la tentative de suicide de Robineau, la mort de Mme Baudu, la démolition de la boutique de Bourras. Le chapitre se termine par le sombre dialogue entre Denise et son oncle, rendu presque fou par la douleur et l'échec. Tous ces événements convergent vers une signification unique : les questions angoissées de Denise devant ces drames humains mettent en question la marche du progrès (p. 390 et 402). Cependant, Denise ne parvient pas à condamner l'œuvre de Mouret. Comme elle, Zola s'incline devant la «grandeur» du progrès (voir lecture méthodique 6).

Les images récurrentes

La thématique de la mort s'impose aussi à travers le jeu des métaphores. Dans ce chapitre d'une tonalité dramatique, la narration insiste sur la boue qui salit les assistants et assombrit l'enterrement ; la maison de Bourras est comparée à une verrue. Dans la lutte pour la vie, les plus faibles sont écrasés par les plus forts, impitoyablement. Ce chapitre illustre le darwinisme social de Zola (voir p. 84).

CHAPITRE 14 (pages 403 à 442)
L'apothéose de Denise

RÉSUMÉ

Un lundi de février 1869. La façade monumentale du magasin donnant sur la rue du Dix-Décembre est inaugurée à l'occasion de la grande exposition de blanc. Mouret est à la tête d'un véritable empire. La vente remporte un succès énorme.

Denise, que l'on accuse dans les rayons de se refuser au patron pour se faire épouser, décide de quitter le magasin. Mouret en ressent une douleur profonde. Il se résout à lui proposer le mariage : elle lui rappelle de plus en plus, en effet, par sa raison et son tranquille courage, son épouse, Caroline Hédouin.

L'inspecteur Jouve surprend Mme de Boves en train de voler des dentelles. Son gendre, Paul de Vallagnosc, qui jusque-là étalait son mépris pour les choses de ce monde, perd son flegme à cette nouvelle, à la surprise amusée de Mouret.

Au soir de cette journée, Mouret triomphe : la recette de la journée dépasse le million de francs. Le chapitre se termine sur un tableau romanesque : Octave, «assis sur le bureau, dans le million qu'il ne voyait plus», embrasse la jeune fille. Heureux dénouement qui réconcilie amour et affaires.

REPÈRES POUR LA LECTURE

Ce chapitre forme un contraste radical avec le précédent.

Un hymne au grand commerce et à la modernité

L'inauguration des nouveaux magasins, véritable triomphe architectural et commercial, fait de ce chapitre le point culminant de l'œuvre. C'est l'apothéose du Grand Magasin dont le patron a gagné son pari : superbement agrandis, les bâtiments sont comparés tantôt à un palais, tantôt à une cathédrale de la religion moderne, celle de la consommation. Le magasin regorge de marchandises, offrant un choix fabuleux. C'est le commerce de l'avenir qui s'invente là.

La symbolique de l'exposition de blanc

Le blanc est la couleur qui domine. Omniprésente, aveuglante, elle symbolise le mariage, thème également au cœur de l'intrigue. Par la thématique du blanc, le narrateur célèbre par anticipation le mariage de Mouret et Denise (p. 437). Le magasin s'est métamorphosé en une immense et féérique « chambre nuptiale ».

Le magasin est comparé à un temple de l'Amour : les décors mythologiques font fleurir des allégories de la Femme et de l'Amour. Certains rayons ressemblent à des « alcôves » (p. 437). Fortement érotisées, les descriptions créent un climat de plaisir et de sensualité.

Parmi les autres métaphores, les principales sont celles de la religion et de la nature (voir p. 72). Les fastes de cette nouvelle cathédrale des temps modernes sont comparés à ceux de la religion catholique. La grande liturgie du luxe moderne se déploie. Enfin, les métaphores de la nature ajoutent charme et poésie à cet univers urbain. Le motif des fleurs (violettes offertes aux clientes, étalages imitant d'énormes bouquets) développe la même thématique.

Mouret est à la fois vainqueur et vaincu (p. 438-439) : son succès commercial éclatant le fait triompher de sa clientèle féminine. Cependant, son orgueil de célibataire est vaincu : Denise est venue venger les autres femmes exploitées par Mouret.

DEUXIÈME PARTIE

Problématiques essentielles

1 Zola face à son temps

LES ANNÉES DE JEUNESSE (1840-1858)

Zola est né à Paris le 2 avril 1840. Son père, brillant ingénieur d'origine italienne, est venu s'installer à Aix-en-Provence en 1843. Il devait construire un système de barrages et canal pour alimenter la ville en eau. Mais il meurt en 1847. Son fils gardera toujours de lui un souvenir admiratif. Il voit en lui un héros de l'énergie, un bâtisseur, dont l'image inspirera certains de ses personnages : ainsi le patron du Grand Magasin, Octave Mouret.

Zola fait des études classiques au collège Bourbon. Il a pour condisciple Paul Cézanne, le futur grand peintre, avec lequel il restera longtemps très lié. Les adolescents supportent mal la vie routinière de la petite ville de province et l'enseignement étouffant qu'ils reçoivent. Ils découvrent les grands poètes contemporains, Hugo, Musset. Ils veulent être poètes. Émile Zola a commencé par composer des centaines et des centaines de vers imités de Musset.

LES ANNÉES D'APPRENTISSAGE (1862-1870)

Madame Zola, dont la situation matérielle est de plus en plus difficile depuis la mort de son mari, vient s'installer à Paris. La famille vit pauvrement. D'un côté, Émile Zola s'adapte mal à sa nouvelle vie. Il supporte mal la séparation d'avec ses amis. De bon élève, il devient médiocre et échoue au baccalauréat. D'un autre côté, il est fasciné par la vie bouillonnante de la capitale, par les transformations entraînées par les travaux d'Haussmann et les applications technologiques des découvertes récentes. Il adhère totalement à son époque, malgré le manque cruel d'argent et sa difficulté à trouver un emploi. Cette fascination parcourt *Au Bonheur des Dames,* il veut «aller avec le siècle», «faire le poème de l'activité moderne», célébrer les gens qui agissent.

Par ailleurs, Zola entretient des relations étroites avec de jeunes peintres qui veulent imposer une nouvelle manière de peindre : Cézanne, Pissarro, Guillemet, Manet, Monet, Sisley, Renoir. On peut voir leur influence dans ses descriptions. Comme eux, il sera attentif au spectacle de la rue, à la vie quotidienne. Il aime les scènes de plein air. Il rendra comme eux les jeux de la lumière, la variété des couleurs, les impressions ressenties, en particulier dans ses descriptions du magasin et des tissus.

En 1862, il entre dans la maison d'édition fondée par Louis Hachette. Il devient vite chef de la publicité. Il tire plusieurs bénéfices importants des quatre années qu'il y passe. Il entre en relations avec les auteurs de la maison : le grand critique Sainte-Beuve, l'historien et critique Taine, Littré, l'auteur du dictionnaire... Il se fait des relations dans les journaux dans lesquels il commence à écrire. Il voit fonctionner de l'intérieur une grande maison de commerce en pleine expansion. C'est une expérience capitale pour son futur roman. L'accroissement du Grand Magasin rappelle celui de la maison d'édition.

En 1866, il décide de vivre de sa plume. Il sera critique littéraire, critique artistique, critique dramatique, journaliste politique (il rendra compte des séances de l'Assemblée qui se réunit en février 1871 à Bordeaux puis vient siéger à Versailles, enfin à Paris). Il collaborera, à partir de 1868, aux journaux d'opposition à l'Empire.

Parallèlement, il délaisse la poésie. En 1862, il s'est mis à la prose. Il écrit d'abord des contes et nouvelles, puis, à partir de 1865, des romans. Le plus célèbre est, en 1867, *Thérèse Raquin.*

LES ROUGON-MACQUART (1871-1893)

En 1867-1868, il songe à composer une grande fresque qui concurrencerait *La Comédie humaine* de Balzac. Le premier volume, *La Fortune des Rougon,* paraît en 1871, le vingtième et dernier, *Le Docteur Pascal,* en 1893.

Il multiplie également les articles de journaux par lesquels il cherche à imposer sa conception nouvelle du roman, sous le nom de Naturalisme.

Il est lié avec tous les grands écrivains de l'époque, Flaubert, Edmond de Goncourt, Daudet, Maupassant... Il est très célèbre en France comme à l'étranger.

LES DERNIÈRES ANNÉES

Mais, dans les années 1890, le Naturalisme est attaqué. Une réaction néo-mystique, de nouveaux mouvements comme le Symbolisme, voient le jour. Le roman psychologique, avec Paul Bourget, trouve un certain succès auprès des lecteurs.

Zola se lance alors dans une nouvelle série, *Les Trois Villes, Lourdes* (1884), *Rome* (1896), *Paris* (1898). Avec ces trois romans, il veut faire le «bilan religieux, philosophique et social du siècle».

Les dernières années sont marquées par sa défense du capitaine Dreyfus, accusé, à tort, d'espionnage au profit de l'Allemagne. Après avoir écrit un courageux article, *Pour les Juifs* en 1896, il publie, le 13 janvier 1898, le fameux *J'accuse.* Sa mise en accusation de l'État-Major le fait condamner à une lourde amende et à un an de prison. Il s'exile en Angleterre.

Il meurt le 29 septembre 1902, sans avoir achevé le quatrième volume de sa dernière fresque, *Les Quatre Évangiles : Fécondité* (1899), *Travail* (1901), roman dans lequel il imagine la Cité idéale, *Vérité* (1902), qui s'inspire de l'Affaire Dreyfus, et *Justice,* qui n'en est resté qu'aux notes préparatoires.

2 | *Au Bonheur des Dames* dans l'œuvre de Zola

Au Bonheur des Dames est le onzième volume de la vaste fresque des *Rougon-Macquart. Histoire naturelle et sociale d'une famille sous le Second Empire,* qui en comporte vingt. Il a paru en 1883.

UN PROJET ANCIEN

Lorsqu'il s'est mis à écrire ce roman sur le commerce, en 1881, Zola met à exécution un projet qui lui tient à cœur. Il y a pensé dès 1867-1868, c'est-à-dire dès qu'il a envisagé d'écrire l'histoire des Rougon-Macquart. Il précise alors ce que sera sa ligne directrice :

> la caractéristique du mouvement moderne est la bousculade de toutes les ambitions, l'élan démocratique, l'avènement de toutes les classes. [...] Mon roman eût été impossible avant 1789. Je le base donc sur une vérité du temps : la bousculade des ambitions et des appétits.

Cette idée, sur laquelle il revient deux fois dans le même paragraphe, est pour lui capitale. Il a, comme nombre de ses contemporains, l'impression d'assister à l'éclosion d'un monde nouveau, ce sera un des *leitmotive* de son œuvre. Il est sensible au malaise que ressent son époque devant cet avenir inconnu vers lequel l'emportent les découvertes de la science et les mutations sociologiques qu'elles entraînent. Les mots «névroses», «nerfs», «fièvre», reviennent sans cesse sous sa plume lorsqu'il interroge son temps.

Aussi n'est-il pas étonnant de voir figurer parmi ses dix premiers projets d'œuvres, «un roman sur la femme d'intrigue dans le commerce» À ses yeux, en effet, le développement du grand commerce est une des composantes essentielles de son époque. L'étude de ce phénomène permet d'appréhender au mieux les mutations sociologiques contemporaines, les efforts pour secouer les habitudes anciennes, les audaces de la nouvelle architecture du fer et du verre, en un mot la modernité. Le «principe d'organisation» que Mouret applique constamment dans son Grand Magasin n'est-il pas de laisser libre cours aux passions, de favoriser la lutte des individus les uns contre les autres, de laisser les gros manger les petits? C'est de cette bataille des intérêts qu'il s'engraisse lui-même (p. 72).

EXPÉRIENCES PERSONNELLES

À la différence de la plupart des romanciers contemporains, Zola a toujours été porté vers son époque et ses innovations. Deux expériences l'ont particulièrement marqué : sa venue à Paris, en 1858, alors que la ville était bouleversée par Haussmann à la demande de Napoléon III, et les quatre années passées comme chef de la publicité dans une maison d'édition, la librairie Hachette. Il a pu alors mesurer les conséquences entraînées pour le commerce par le percement des voies nouvelles et le développement de la presse à grand tirage vivant de la publicité. Ces deux caractéristiques de l'époque sont longuement reprises dans le *Bonheur des Dames*.

Publicité

Zola a assisté à l'extension de la maison d'édition qui, comme le «Bon Marché» dans la réalité[1] ou le magasin de Mouret dans la fiction, couvre peu à peu tout un pâté de maisons. De même que l'extension de la maison Hachette avait été en grande partie due au percement du boulevard Saint-Germain, celle du «Bonheur» est liée au percement de la rue du Dix-Décembre, le long de laquelle il ouvre ses vastes vitrines (voir chap. 7, le plan du quartier).

Par ailleurs, ses fonctions ont permis à Zola de mesurer l'importance d'un autre grand phénomène de l'époque, l'envahissement de la presse par la publicité. Donnons un seul exemple : le journal *Le Siècle*, qu'il lit régulièrement, consacre le 5 avril 1858, une page entière au «Bon Marché», «les magasins de nouveautés les plus

---

[1]. Ce Grand Magasin parisien est toujours ouvert.

vastes du monde», pour annoncer «l'inauguration de la nouvelle galerie des cachemires de l'Inde et des nouveaux salons de confection pour dames.» Zola fait de cet «envahissement de la publicité» un des grands motifs du roman. Mouret l'utilise comme une des armes de sa puissance, sous toutes sortes de formes : catalogues, affiches, annonces dans les journaux, ballons, voitures de livraison à son sigle portant des réclames, etc.

Zola voit donc les côtés positifs et les côtés négatifs de la publicité, un phénomène caractéristique de l'époque.

Nouveau commerce

Il s'intéresse aussi à l'évolution du commerce. Il a analysé ses côtés positifs dans un premier roman, *Le Ventre de Paris,* paru en 1873. Il y admire le sens du commerce que possède l'héroïne, Lisa Quenu. Cette dernière, qui a «une conscience très nette des nécessités luxueuses du nouveau commerce», décide son mari à quitter la charcuterie de la rue Pirouette, «boyau noir» qui ressemble au magasin des Baudu. Elle fait aménager, rue Rambuteau, face aux nouvelles Halles centrales, le magasin dont elle rêve, «une de ces claires boutiques modernes, d'une richesse de salon, mettant la limpidité de leurs glaces sur le trottoir d'une large rue.»

Zola est l'ami de Cézanne, de Manet et des peintres que l'on appellera, après 1874, «impressionnistes». Ces artistes s'opposent à l'enseignement officiel de l'École des Beaux-Arts ; ils peignent avec des couleurs vives la vie quotidienne, les jeux de la lumière,... À la fin du *Ventre de Paris,* le romancier dit déjà son goût pour les étalages vibrants et colorés. Un des personnages, le peintre Claude Lantier, comme plus tard son cousin Octave Mouret, dans le *Bonheur des Dames,* dresse, la veille de Noël, dans la vitrine de la charcuterie, un étalage «barbare et superbe», «une véritable œuvre d'art». La charcutière est affolée, les passants s'attroupent.

Cette louange des innovations dans les procédés de vente n'est pas restée pour Zola un thème romanesque. Conscient de l'efficacité de la publicité, il sait utiliser ce qu'il a appris chez Hachette pour lancer, dès 1864, ses œuvres par des campagnes parfaitement menées, en multipliant les annonces, en suscitant la curiosité des lecteurs, en créant, au besoin, des incidents mineurs pour entretenir l'effervescence autour de l'ouvrage à paraître.

LA PEINTURE DE NOUVEAUX TYPES D'HOMMES ET DE FEMMES

Zola est aussi conscient des problèmes humains qu'entraîne cette mutation du commerce. Bien avant la publication du *Bonheur des Dames,* il rédige, en effet, trois articles qui en étudient les aspects à la fois sociologiques et psychologiques.

Il souligne d'abord l'importance d'une catégorie sociale en pleine extension, celle des employés de magasin. Dans un article sur «La jeunesse française contemporaine» (*Le Messager de l'Europe,* juin 1878) Zola décrit, non sans erreurs, la vie des «commis de magasins à la mode, les calicots comme on les appelle» :

> Le Bon Marché embauche, paraît-il, plus de mille deux cents commis. C'est une ville entière et sa population a ses propres coutumes. Ils déjeunent dans la maison, ils ont un langage particulier ; ils ont créé des caisses d'épargne, un orchestre, une école. Le pire est que ces jeunes gens, comme on l'a dit souvent, pourraient être fort bien remplacés par des femmes[1]. Ce travail peu fatigant les rend efféminés et ne développe pas leurs muscles. D'où les mauvais bruits qui circulent sur leurs mœurs. Leur niveau intellectuel est très faible. Le sobriquet de «calicot» est devenu un juron dans la bouche des Parisiens[2].

Peu après, Zola consacre un autre article aux «Types de femmes en France». Son intérêt va aux femmes qui travaillent, en particulier à ces marchandes «intelligentes et actives», ou à ces veuves qui dirigent seules d'importantes usines ou des grandes maisons de commerce.

---

1. Zola oublie quand il écrit ce texte, que les Grands Magasins ont d'abord été des magasins de tissus et que les commis avaient à manipuler des pièces de tissus très lourdes. Ce qu'il corrigera dans son roman : il insiste sur les côtés pénibles du travail des vendeurs.
2. Comme un de ses informateurs l'apprit à Zola en 1881, ce nom vient de la ville de Calicot, où l'on a d'abord fabriqué le tissu ainsi nommé.

Il voit en elles le type de la femme moderne qu'il oppose à la bourgeoise oisive ou à l'épouse vivant recluse dans sa maison au fond d'une petite ville de province.

C'est le même thème qu'il reprend dans *Le Figaro* du 18 avril 1881, alors qu'il songe avec précision à écrire *Pot-Bouille,* roman consacré en grande partie à la condition féminine. Sous le titre «Femmes honnêtes», il fait le panégyrique des «épouses travailleuses» dans les classes moyennes : «Je les ai vues actives et sensées à l'égal de leurs maris, de vraies héroïnes, des combattantes dans la simple vie de tous les jours.» Il peint alors un couple «d'associés», première image de celui que formeront les patrons du *Bonheur des Dames* : «Ceux-là s'entendent et se resteront fidèles, ils sont trop occupés, ils ont trop d'intérêts communs. Lui, la traite en égale, avec une nuance de respect pour son activité.»

LE GRAND MAGASIN
À LA « UNE » DE L'ACTUALITÉ

En 1881, Zola a donc à sa disposition des types romanesques et un certain nombre d'idées sur le commerce. Il suffisait que l'actualité ou qu'un événement d'ordre personnel intervienne pour que le roman sur le commerce auquel il songeait depuis longtemps prenne corps.

L'attention du public fut attirée sur les Grands Magasins, la condition de leurs employés et les problèmes de sécurité soulevés par la concentration d'hommes et de femmes. Le 10 mars 1881, au petit matin, le magasin du Printemps brûla : sous les combles couchaient un peu moins d'une centaine d'hommes ainsi que cent cinquante jeunes filles enfermées à clef. La presse se fit largement l'écho de ce sinistre qui fit 25 millions de francs de dégâts, mit au chômage 2 400 employés et aurait pu tourner à la catastrophe (Zola retiendra ce fait divers au début du dernier chapitre : le magasin qu'ouvre l'ancien associé de Mouret, Bouthemont, «Les Quatre Saisons», est détruit par un incendie, p. 406).

UN ROMAN-EXORCISME

De plus, Zola traversait depuis quelques années une crise physique et morale. Un travail énorme, mené sans relâche depuis des années, l'avait épuisé. Il avait été particulièrement bouleversé, en 1880, par trois morts successives : celles de Duranty et de Flaubert, deux amis intimes, et celle de sa mère. Il souffrait à nouveau de troubles nerveux graves, d'angoisses et de doutes, ceux qu'il donnera peu après au héros de *La Joie de vivre,* un roman en grande partie autobiographique (1884). Il voyait enfin avec peine les progrès que faisait alors en France la philosophie pessimiste du philosophe allemand Schopenhauer, affirmant la bêtise de la vie et l'inanité de l'action.

Le monde du grand commerce lui fournissait des exemples de réussite exceptionnelle. Il trouvait un sujet lui permettant d'affirmer, contre ses propres angoisses et ses propres doutes, contre certains de ses familiers convertis aux théories de Schopenhauer, « la joie de l'action et le plaisir de l'existence ».

Au Bonheur des Dames se fait ainsi l'écho du débat d'idées de l'époque, essentiellement à travers l'attitude et les théories de deux personnages, deux anciens condisciples : Paul de Vallagnosc, le pessimiste, et Octave Mouret, qui incarne les espoirs de Zola auquel le roman sert, en quelque sorte, d'exorcisme. Il nous faudra voir, si cette volonté d'optimisme n'a pas faussé la vision qu'il a eue du grand commerce et de ses problèmes. Il faudra nous demander si ce « poème[1] », dont il a voulu faire un documentaire sur l'époque, n'est pas aussi et surtout un document sur la personnalité de son auteur.

---

[1]. C'est le mot qu'il emploie pour définir son œuvre dans son dossier préparatoire : « Je veux dans *Au Bonheur des Dames* faire le poème de l'activité moderne. »

3 | Les personnages

Zola conçoit d'abord ses personnages comme des moyens : ils doivent lui « servir » (c'est le mot qu'il emploie) à faire passer sa documentation ou à exprimer ses idées. Ce sont, à l'origine, plus des types, des symboles que des individus, ceci est surtout valable pour les comparses. Toutefois, au fur et à mesure que se développe l'intrigue et surtout qu'il écrit l'œuvre, certains d'entre eux, Mouret et Denise en particulier, prennent une épaisseur psychologique.

OCTAVE MOURET

C'est naturellement à lui que Zola songe au début de son *Ébauche* comme héros du « poème sur l'activité moderne ». Dans *Pot-Bouille*, roman qui précède directement et annonce *Au Bonheur des Dames*, Mouret est déjà pourvu de qualités qui ont séduit sa patronne, Mme Hédouin, au point qu'elle l'a épousé.

« Un gaillard comprenant joliment son époque ! »

La machine qu'est le « Bonheur des Dames » ne marche que parce que le brillant capitaine qui l'a créée, ne cesse de la perfectionner et la domine. En Mouret, Zola a incarné ses propres rêves et ceux de son époque. Mouret est un héros presque parfait que son amour malheureux rend encore plus sympathique. Le romancier accumule sur lui les qualités physiques et morales. Beau garçon, séducteur, élégant, éloquent, gai, confiant dans l'avenir, ce méridional est ce que Zola n'est pas toujours et qu'il voudrait être. Étalagiste de génie, aimant choquer et attirer, il possède imagination, fantaisie, une tête foisonnante d'idées, mais aussi pleine de logique et de raison, une intelligence vive et pratique. Alliance de qualités apparemment contraires qui marque, pour l'écrivain, les fortes personnalités, les « conducteurs ». C'est un type d'homme où il retrouve probablement le souvenir idéalisé de son père, qu'il incarne plusieurs fois dans son œuvre : Saccard par exemple, le héros de *La Curée* et de *L'Argent*, est, comme Mouret, « un poète des affaires ».

Mouret est un tempérament dont l'audace novatrice choque et fascine : une manifestation caractéristique en est la « crise d'inspiration » qui, quarante-huit heures avant le début de la grande vente des nouveautés d'été, lui fait bouleverser le magasin (p. 260).

Aussi Zola le conçoit-il par opposition à d'autres types d'hommes, à d'autres façons de vivre. Le personnage de Mouret se dessine en particulier à l'intérieur des couples qu'il forme avec deux de ses vieux amis auxquels il aurait pu ressembler s'il n'avait suivi une autre voie.

Le couple Mouret-Bourdoncle

Tous deux ont été des commis de Mme Hédouin. Tous deux sont actifs, intelligents et ambitieux. Mais, à la séduction quasi féminine, à la passion, à l'audace du premier s'opposent la correction physique et morale, la prudence du second. Ils diffèrent surtout dans leur attitude à l'égard des femmes : Mouret reste devant elles « ravi et câlin », il est « emporté continuellement dans de nouvelles amours », sans jamais se laisser prendre car il les considère seulement comme les instruments de son plaisir ou les moyens de bâtir sa fortune. Bourdoncle, au contraire, les fuit par mépris et surtout par peur.

Le couple Mouret-Vallagnosc

Mouret se dessine surtout par opposition à son ancien condisciple de Plassans, Paul de Vallagnosc, qu'il retrouve par hasard chez Mme Desforges. Octave, comme le précise Zola dans ses notes, est le bachelier qui a jeté son diplôme au vent parce qu'il « est avec les actifs, les garçons d'action qui ont compris l'activité moderne et il se jette dans les affaires, avec gaieté et vigueur. » Paul, au contraire, « est le *statu quo* de l'éducation et de l'instruction bête. »

De cette opposition symbolique, Zola tire trois bénéfices. D'abord, une critique de l'enseignement traditionnel et du culte des diplômes.

Cette opposition est aussi celle de deux classes sociales — la noblesse qui tend à disparaître, et la jeune bourgeoisie d'affaires qui a pris son essor depuis 1789 — et, plus profondément, de deux attitudes devant la vie. L'histoire de Paul de Vallagnosc est celle «des garçons pauvres qui croient devoir à leur naissance de rester dans les professions libérales, et qui s'enterrent au fond d'une médiocrité vaniteuse, heureux encore quand ils ne crèvent pas la faim, avec des diplômes plein leurs tiroirs» (p. 99). Octave, lui, quoique bachelier, n'a pas hésité à se faire calicot. Il témoigne d'une mutation sociologique. L'attitude d'un Vallagnosc se fait plus rare. «Maintenant, des familles de la rue de Sèvres, par exemple, élevaient positivement leurs gamines pour le Bon Marché», explique Bouthemont (p. 330), et Mlle de Fontenailles entre au «Bonheur des Dames» dont elle épouse un employé (p. 342).

Paul, enfin, incarne une tendance au pessimisme que Zola dénonce sans ambiguïté; il n'hésite pas à caricaturer son personnage, à montrer combien la vie et ses aléas ont vite fait de faire éclater ce qui n'était — et, croit-il, ne peut être — que vernis de flegme et d'indifférence (voir la dernière scène où apparaît Paul, p. 435-436).

Octave, au contraire, avec sa passion et son goût de la vie à tout prix (p. 339-340), est «le siècle» : «Agir, créer, se battre contre les faits, les vaincre ou être vaincu par eux, toute la joie et toute la santé humaine sont là», affirme-t-il à Vallagnosc (p. 340), exprimant la philosophie personnelle de Zola, lui-même ardent polémiste, prônant l'action et le travail quotidien.

Patron avisé, il rêve «d'organiser la maison de manière à exploiter les appétits des autres pour le contentement tranquille et complet de ses propres appétits» (p. 73). D'où une politique de primes et avantages divers qui rappelle les innovations d'Aristide Boucicaut. Mouret est l'homme d'un temps où la satisfaction des besoins paraît légitime contrairement à la morale chrétienne qui sanctifie les privations. Il goûte une «jouissance personnelle à satisfaire les passions des autres» (p. 81), exactement comme il satisfait les siennes. Il commence par donner des billets de concert à Lhomme, son caissier mélomane; il finira par créer une harmonie à l'instigation de Denise et, une fois de plus, à l'imitation d'Aristide Boucicaut : mais, s'il finit par améliorer l'ordinaire du restaurant, c'est parce qu'on obtient «plus de travail d'un personnel mieux nourri» (p. 308). Ce qu'il recherche, en fait, c'est la constante amélioration du système qu'il a mis en place et dirige de main de maître, beaucoup plus d'ailleurs que l'accroissement de sa fortune.

DENISE BAUDU

À l'inverse d'Octave, Denise ne frappe pas, à première vue, par sa beauté. Seul Mouret a été capable de discerner dans la jeune fille, timide, mal peignée et mal fagotée, «une force de grâce et de tendresse». C'est là, en effet, ce qui caractérise Denise. Non une beauté triomphante, mais «un charme secret» qui éclate lorsqu'elle rit et finit pas séduire tout le monde. Elle est le type de la femme idéale pour Zola, à la fois sœur, épouse et mère, douce et discrète mais d'une volonté efficace, charmante mais fort courageuse et surtout pitoyable à toute douleur : «Elle apportait tout ce qu'on trouve de bon chez la femme, le courage, la gaîté, la simplicité.»

La femme de l'avenir

Zola a voulu en faire *un modèle de vertu*. La liberté des mœurs est un trait courant dans le Paris populaire de l'époque; il ne l'ignore pas, lui qui mentionne «la débauche des vieux quartiers» de la ville (p. 211). Il a aussi plusieurs fois noté, dans son *Dossier préparatoire*, la quasi-nécessité dans laquelle se trouvaient les demoiselles de magasin de prendre un amant pour pouvoir vivre, surtout pendant les six mois où elles étaient engagées au pair. Mais, pour créer Denise, il préfère retenir un cas qu'on lui a pourtant cité comme exceptionnel : «Quelques-unes, héroïques, nourrissent une famille; la misère et le dévouement en soi. Celle qui a élevé deux frères et qui meurt». Denise fait partie de ce «cinquième de filles honnêtes et très méritoires» dont on a parlé au romancier...

Un parallèle s'impose entre Denise et Mme Hédouin de *Pot-Bouille*. Non que les deux femmes se ressemblent. Elles n'ont ni la même beauté, ni la même condition, l'une est patronne et l'autre vendeuse, mais elles travaillent toutes les deux. À l'une comme à l'autre, le travail a donné une assurance tranquille et le même goût des réalités. En elles, Zola voit la femme de l'avenir. Il incarne en elles sa croyance au triomphe du courage et de la vertu.

Cependant, si le personnage de Denise s'impose dans le roman, c'est surtout parce que l'auteur lui prête une présence dont son imagination sensuelle lui fournit les éléments. Toute la personne de Denise, depuis «ses beaux cheveux sauvages», rebelles à toute coiffure disciplinée, jusqu'à sa robe de soie toute simple, «sans un bijou», révèle une simplicité qui s'oppose à la sophistication que propose le Grand Magasin. La répétition à trois reprises de l'adjectif «sauvage» pour caractériser la chevelure n'est pas dénuée d'une signification plus large. Le charme de Denise échappe à la mode comme ses cheveux échappent au peigne. Elle a gardé «la saveur de son origine», résume Mouret (p. 350).

Un couple d'associés

Comme Zola l'écrivait à un correspondant le 10 octobre 1881, le «côté passion» est «le plus important» du livre. L'intrigue amoureuse, assez «fleur bleue», qui rapproche Denise et Mouret, est bien une composante de l'œuvre, non un élément surajouté. Mouret est séduit par des qualités qu'il ne trouve pas aux femmes du monde : la jeune fille s'oppose en effet aux bourgeoises du roman que Zola peint parfois avec les accents rageurs de *Pot-Bouille,* en particulier Henriette Desforges, si habilement hypocrite, sachant si bien garder les apparences sauves «que personne ne se serait permis de mettre tout haut son honnêteté en doute» (p. 95).

Mais leur union n'est pas que sentimentale. Ils ont tous deux la même conception du commerce. Entre Denise et Mouret, en effet, l'un pratique et prudent, l'autre pleine de pitié, les différences sont plus de tempérament et de langage que de comportements. Denise ne veut pas plus ruiner la maison en améliorant le sort du personnel que ne le faisait Mme Boucicaut, distribuant des parts de son capital aux employés du « Bon Marché » après la mort de son mari. Si elle veut « panser les plaies vives dont elle avait saigné » elle-même, c'est pour des raisons d'efficacité. « Elle ne pouvait s'occuper d'une chose, voir fonctionner une besogne, sans être travaillée du besoin de mettre de l'ordre, d'améliorer le mécanisme » (p. 370). C'est très exactement l'attitude de Mouret. Elle est donc toute désignée pour être, à côté de lui, la patronne du Grand Magasin et pour prendre la place de Mme Hédouin avec laquelle elle tend peu à peu à se confondre.

Son rôle devient donc essentiel et Zola va la prendre, selon son expression, comme « guide », c'est-à-dire, comme personnage principal de l'œuvre.

Le choix de Denise comme personnage principal

Ce choix va dès lors déterminer l'organisation du récit, qui gagne en unité, en cohérence, en vraisemblance et en puissance dramatique.

L'histoire débute au moment où la jeune fille débarque à Paris. Son arrivée dans une ville et dans une famille qu'elle ne connaît pas, sa recherche d'un emploi, permettent à Zola de nous promener, dès le chapitre 1, dans le quartier et de nous informer, par le biais des conversations et des retours en arrières qui visent à la mettre au courant, sur l'histoire des Baudu, des petits commerces, du Grand Magasin, d'Octave, de Mme Hédouin…

C'est avec elle, personnage doublement privilégié, que nous allons faire, au chapitre 1, la première découverte du « Bonheur des Dames ». Provinciale, en effet, elle ignore tout de Paris et du grand commerce ; elle regarde donc avec une curiosité toute particulière, pose des questions, se fait longuement expliquer l'histoire du magasin et de Mouret. Vendeuse elle-même, elle sera, par ailleurs, plus que d'autres, sensible à certains aspects techniques, à la qualité d'un tissu ou à l'organisation d'un service.

Lorsqu'elle est engagée au « Bonheur », sa vie est la vie type d'une vendeuse : elle gravit tous les échelons de sa profession dont elle affronte toutes les difficultés jusqu'au renvoi et à la misère.

Elle sert de lien entre les divers éléments du récit. Nièce des Baudu, logée et employée par Bourras auquel elle s'attache, vendeuse au « Bonheur » puis chez les Robineau dont elle partage la vie, elle pénètre dans toutes les maisons, y compris chez Mme Desforges; elle est mêlée à toutes les intrigues, y compris les intrigues secondaires comme l'amour de Colomban pour Clara.

C'est par rapport à elle que sont aussi présentés la plupart des employés : Deloche lui raconte sa vie, elle rencontre Hutin à Joinville, elle est dans l'intimité de Pauline et de Baugé, Bourdoncle la hait d'instinct, etc.

Suscitant en effet amitiés, haines, jalousies, elle est au centre des tensions dramatiques : crise entre Mouret et Mme Desforges, violentes discussions à son sujet entre Mouret et Bourdoncle, quête douloureuse de Mouret...

Elle est le porte-parole de Zola. À la fois indignée et irrésistiblement attirée par la « mécanique à écraser le monde » inventée par Mouret, elle éprouve les mêmes sentiments que le romancier.

Cette décision de faire de Denise l'héroïne introduit ainsi dans ce qui ne devait être initialement que « le poème de l'activité moderne » un côté passionnel et dramatique qui va prendre une place essentielle et colorer tous les thèmes du roman.

Toutefois, on peut trouver le personnage trop idéalisé comme Louis Desprez, un jeune ami de Zola, le lui écrit le 4 mars 1883 :

> On vous a reproché, non sans raison parfois, de donner trop de relief aux laideurs; je trouve aujourd'hui votre Denise trop idéale, trop lumineuse, je voudrais qu'elle eût, comme toute créature humaine, quelques ombres. Elle est, il me semble, plutôt née de la logique que de l'observation; c'est une idée incarnée, bien plus qu'un type pris dans la rue; et par suite, elle paraît vivre plutôt qu'elle ne vit.

LES COMPARSES

Zola a dressé une « Fiche-personnage » pour quarante-six des protagonistes. À ceux-ci s'ajoutent la foule des acheteuses, la masse des autres vendeurs et la population du quartier.

Les acheteuses

De la foule qui emplit le magasin les jours de grande vente, Zola ne distingue que quelques femmes qui représentent, chacune, un *type* d'acheteuse. Il donne ainsi un aperçu sociologique de la clientèle des Grands Magasins et rappelle certaines conséquences physiques, morales et sociales de leur développement : névroses, vols et désolidarisation des différentes couches de la bourgeoisie, jusqu'alors soudées par une certaine médiocrité et des habitudes communes d'économie. Car les acheteuses du «Bonheur des Dames» font essentiellement partie de la petite et moyenne bourgeoisie. Le Grand Magasin leur donne les moyens de paraître en leur procurant la version relativement bon marché d'un luxe naguère réservé aux gens riches.

Zola est intéressé par les attitudes des clientes dans le Grand Magasin qui prend pour elles la place que tenait autrefois l'église dans la vie des femmes : Mme Desforges, bourgeoise huppée de la rue de Rivoli, est le type de la femme élégante qui ne prend que certaines choses au «Bonheur des Dames» mais se laisse peu à peu séduire; Mme Bourdelais, «l'acheteuse adroite»; Mme de Boves, la femme qui finira par voler; Mme Guibal, celle qui se grise à simplement toucher et regarder; Mme Marty enfin, «l'acheteuse folle», la femme tentée qui, entrée pour acheter une paire de gants, sort avec 500 ou 600 francs de marchandises. Elle incarne «la rage de dépense de la petite bourgeoisie», excitée par le développement du luxe contemporain et ruinée par ses achats inconsidérés.

Les vendeurs et les vendeuses

De la même façon, Zola a cherché à présenter un échantillon des différents types de vendeurs et de vendeuses. Sauf pour quelques-uns d'entre eux, Denise, Deloche, Pauline, il se contente de les définir rapidement par leur âge, leur origine, leur place dans la hiérarchie du magasin, leur situation de famille et un trait caractéristique qui revient en *leitmotiv* : Mme Aurélie, la première du rayon des confections, a «un masque empâté d'empereur», Clara Prunaire, des allures de cheval, Mignot est toujours désigné par l'expression « le joli Mignot », etc. Zola s'explique à la fin de son *Ébauche* : « Deux ou trois vendeurs typiques, me donnant les variétés du commis moderne. »

Ce ne sont donc pas, ici encore, les individus qui l'intéressent. Il vise, à travers ses protagonistes, trois buts :

– Montrer les difficultés de la vie des employés des Grands Magasins et la façon dont elles détériorent relations humaines et vie familiale : les Lhomme sont, par exemple, typiques de la débandade d'une famille dont tous les membres travaillent et vivent chacun de leur côté. On remarquera l'usage fréquent des métaphores animales péjoratives qui insistent sur la brutalité de ce monde du « chacun pour soi », où n'existe plus aucun sentiment, où les hommes ne sont plus que des rouages.

– Peindre « la classe à part, entre l'ouvrière et la dame », que forment les vendeuses des Grands Magasins, qui sous leur robe de soie d'uniforme cachent souvent une grande misère.

– Peindre, enfin, Denise. Tous les autres employés, en effet, se définissent par rapport à elle, soit qu'ils cherchent à l'exclure — le plus grand nombre —, soit qu'ils éprouvent de l'amitié pour elle : Pauline ou Deloche. Ce dernier, faible et timide, est « le déraciné », le provincial hanté par le souvenir de son village natal, un des rares personnages sentimentaux de l'œuvre.

Quant à *Colomban,* l'employé des Baudu, il représente, pour Zola, « le type du commis de l'ancien commerce. Tout le contraire du nouveau. Rusé dans l'honnêteté. [...] L'art de mentir sur la marchandise ». Comme tous les autres personnages, il est happé à son tour par le « Bonheur des Dames » : il s'amourache d'une des vendeuses du Grand Magasin, refusant ainsi l'avenir qui lui était tracé comme commis des Baudu. Il sert, lui aussi, à la démonstration de Zola.

Les commerçants du quartier

Par contre, le romancier fait ressortir de la foule des petits commerçants du quartier trois individus qui symbolisent chacun une attitude face à l'évolution du commerce, sans manquer néanmoins de profondeur. *Bourras* est avant tout, comme son nom le suggère, bourru, voire colérique. Mais le vieil homme est aussi un bon cœur et un artiste qui travaille avec habileté le bois, un de ces artisans que le développement du grand commerce fait disparaître. Zola veut nous apitoyer sur ses malheurs, en rendant émouvante sa bataille de vieux lion impuissant — on remarquera la comparaison animale noble — contre l'argent et les lois qui favorisent Mouret.

Baudu, lui aussi, reste sympathique, bien que borné. Tout en peignant sa boutique des couleurs les plus sinistres, Zola sait faire comprendre en effet combien le drapier peut être attaché à ce puits où il a toujours vécu et où il a été heureux, comme Bourras l'est à sa bicoque dans laquelle il reste, entêté, au milieu des décombres.

Robineau, au contraire des deux autres, est jeune. Il peut être confiant dans l'avenir : il aime et est aimé de sa femme, il possède une certaine fortune, il accepte surtout « le nouveau train des choses » et cherche à lutter avec Mouret en employant les mêmes armes que lui. Son échec, que Zola a voulu le plus émouvant possible, nous paraît injuste : il est acculé à la faillite et tente de se donner la mort alors que sa femme attend un bébé. C'est à lui que Zola réserve le rôle de tirer la philosophie du roman : « Non, voyez-vous, Gaujean, c'est la fin d'un monde. » On peut penser qu'il reviendra travailler au « Bonheur des Dames », qui l'a licencié, imitant Gaujean qui capitule devant la puissance du magasin (p. 396).

4 | La revanche de la femme et de l'amour

UN ROMAN D'AMOUR

Le 10 octobre 1882, Zola explique :

> Le côté passion, le plus important, est représenté par une jeune fille, Denise, qui débarque à Paris avec ses deux jeunes frères. Elle entre au «Bonheur des Dames» où elle endure toutes les souffrances du début, puis le fondateur de la maison, Octave Mouret, tombe amoureux d'elle ; et alors commence l'antagonisme que j'ai voulu établir. Cet Octave Mouret a basé sa grande affaire sur l'exploitation de la femme ; il spécule sur sa coquetterie, il flatte ses clientes, les installe chez lui comme des reines, pour mieux vider leurs bourses. Et le voilà amoureux d'une petite fille qui va venger toutes les femmes. Lui qui ne croyait qu'à la force, qui plaisantait l'amour, le voilà aux pieds de Denise, se mourant de passion. D'abord, il a voulu en faire sa maîtresse. Puis, sur le refus de la jeune fille, il en vient peu à peu à l'épouser, après lui avoir donné dans sa maison des positions de plus en plus élevées. Elle l'a vaincu par sa simplicité et son honnêteté. Je le répète, c'est la revanche de la femme. Mouret qui a gagné une immense fortune, souffre affreusement et donne tout pour être aimé de Denise.

Au Bonheur des Dames est donc un roman d'amour. Plus exactement, il traite de la place de l'amour dans une société qui tend à évaluer les rapports humains en terme de marchandise.

PASSION AMOUREUSE ET PASSION DU MÉTIER

Dans *Germinal,* paru deux ans après le *Bonheur des Dames,* Zola n'a même pas envisagé une intrigue entre une herscheuse[1] et un des patrons de la mine. Comment l'aurait-il fait ? Herscheuse et patron

---

1. La herscheuse pousse les wagonnets dans la mine.

appartiennent à deux mondes qui ne communiquent pas entre eux. Au contraire du simple ouvrier, le vendeur débutant a dans sa giberne un bâton de maréchal : l'ascension de Denise est celle de la plupart des employés supérieurs qui ont appris le métier sur le tas.

Il n'y a donc pas, au « Bonheur des Dames », deux sociétés dont le cloisonnement décourage les amitiés et les amours. Mouret, fils de la chance et du mérite, donne sa chance à une petite vendeuse tout comme Mme Hédouin l'avait fait quand elle avait jugé raisonnable de l'épouser et d'en faire un patron. Non seulement le mariage n'oblige ni Mouret ni Denise à quitter leur milieu, mais encore leur passion réciproque est aussi une passion pour un métier qui leur est commun.

Cependant, le métier, qui les unit, les sépare aussi. Zola, qui croit profondément à l'influence du milieu, montre que le Grand Magasin décourage l'amour; fondé sur le mépris de la femme, il détermine le comportement des personnages, même hors de leur profession. Bourdoncle bat ses maîtresses et considère que la passion de son chef pour Denise nuit aux affaires. Mouret exploite Mme Desforges et lui laisse comprendre sans délicatesse qu'elle est pour lui le moyen d'atteindre le baron Hartmann et de réaliser ses ambitions; même à l'égard de Denise, il se comporte en séducteur vulgaire comme s'il pouvait acheter un charme dont lui-même a reconnu précocement la « puissance » (p 229).

Denise, dont Zola parle comme d'une femme qu'il aime ou pourrait aimer, a les qualités d'une reine. « Sa souveraineté lui causait parfois une surprise inquiète; qu'avaient-ils donc tous à lui obéir ? » (p. 372). Son emprise ne tient pas seulement à son charme mais à des qualités natives, sa « bonté », sa « raison », « un amour de la vérité et de la logique ». L'amour de Mouret va consacrer cette supériorité.

Ainsi le mariage qui unit les deux héros du *Bonheur des Dames* est-il moins destiné à illustrer un fait d'époque, à savoir les unions inégales souvent contractées pas les chefs de magasin (ainsi Cognacq de la Samaritaine épousant une vendeuse), qu'à montrer qu'il n'y a pas de roi, pas de bergère; seulement des personnages égaux dans la différence et dont les qualités sont également nécessaires pour faire vivre le Grand Magasin et l'humaniser.

DEUX LECTURES DU ROMAN D'AMOUR ENTRE DENISE ET MOURET

On comprend les hésitations du lecteur confronté à une histoire d'amour dont la complexité traduit celle des caractères, des situations, mais évoque aussi la subtilité — voire l'ambiguïté — des réflexions de l'auteur sur les mécanismes du progrès. Qu'a voulu faire Zola ? Qu'a-t-il fait en réalité ? Le roman d'amour serait-il une victoire sur l'exploitation de la femme telle que la pratique le Grand Magasin, comme le suggère Zola lui-même (p. 439) — ou bien ne serait-il pas plutôt le prototype bien ficelé des romans-photos contemporains où le patron épouse sa dactylo ? Voici les éléments qui militent en faveur de ces deux interprétations discordantes, certes, mais non point inconciliables.

Première lecture : un amour moderne

Il suppose entre Denise et Octave une entente et une collaboration étendues au métier et réalisant ce que Zola avait déjà loué dans ses articles de 1878 (voir ci-dessus, p. 36). Cet amour qui fait de la femme une égale de l'homme et non point un objet de convoitise se définit lentement au long du livre.

– Première étape : Mouret n'éprouve d'abord pour Denise qu'une attirance fugace. Celle-ci sera lente à se fixer. Il n'y a donc ni coup de foudre miraculeux, ni révélation magique.

– Deuxième étape : elle est franchie à l'occasion d'une rencontre fortuite aux Tuileries entre Denise, qui n'est plus au « Bonheur des Dames », et Mouret qui, hors de son magasin, dépouille son personnage de patron. Denise laisse voir qu'elle est pour les Grands Magasins et Mouret l'écoute pour la première fois.

C'est après plusieurs de ces conversations d'ordre surtout professionnel que Zola met dans la bouche de Mouret ces paroles calculées : « Vous savez quelle estime j'ai pour vous » (p. 338).

– Troisième étape : Denise désire faire comprendre à Mouret qu'elle n'est ni une dévergondée, ni « une coureuse de mari ». Lorsque celui-ci lui propose le mariage après lui avoir offert dîner et argent (le prix a monté comme dans une enchère!), tout le personnel du «Bonheur des Dames» la prend pour une rouée qui exaspère Mouret à coups de refus. Quant à Mouret, il avait cru que «cette enfant finirait par céder, car il avait toujours regardé la sagesse d'une femme comme une chose relative» (p. 350).

Cependant l'image conjointe de l'amour et de Denise qui ne cesse d'obséder Mouret a changé au chapitre 12. Il pense désormais à l'amour comme à une chose littéralement sans prix, lui pour qui tout est objet de transactions. Désormais, il n'évoque pas seulement «la beauté royale et conquérante» de la chevelure de Denise mais aussi ses idées, sa douceur. La jeune fille occupe «les heures solitaires et ardentes de la nuit»; tout au long de la journée, le souvenir de sa personne suit Mouret : elle est devenue la compagne (p. 351).

Telles sont les réflexions qui préparent le dénouement heureux du chapitre final.

Deuxième lecture : un conte bleu

Il existe une autre interprétation. À l'époque où Zola écrit, les hiérarchies ne sont pas durcies; cinquante ans plus tard, on peut imaginer que Mouret aurait épousé la fille d'un riche commanditaire! En 1882, le dénouement du *Bonheur des Dames* est une naïveté, non pas tellement parce que Mouret épouse Denise, mais parce que, pour Zola, ce mariage suffira à humaniser le Grand Magasin.

Comme s'il n'avait tenu qu'à Denise et à sa «pitié active», comme si les bonnes intentions et la bonne volonté des individus pouvaient changer le système du profit! Le projet de Zola a dérapé de l'histoire vers l'utopie, du réalisme initial vers le conte bleu.

Dérapage qui tient à la thèse sous-tendant le roman : la volonté d'optimisme à tout prix lui fait choisir d'une part, comme héroïne, «un type superbe de grâce et d'honnêteté», victorieuse par sa seule moralité et son seul courage, et d'autre part, comme histoire, «une de ces histoires honnêtes et attendrissantes» qu'aime le public, ce sont ses mots. Même si l'Histoire peut lui servir de caution, son récit prend dès lors la forme du récit consolateur dont on retrouve les éléments traditionnels :

– une jeune orpheline, pauvre et méritante, épouse un prince charmant, au terme d'une série d'épreuves cruelles imposées à l'un comme à l'autre mais qu'ils supportent vaillamment parce qu'ils sont sûrs de ne pas se tromper. Denise le distingue dès le premier regard et Mouret sait découvrir chez elle un « charme caché, une force de grâce et de tendresse » que tout le monde ignore, même elle ;
– l'étonnante métamorphose des deux héros : la sauvageonne du début devenant une jeune femme charmeuse, le séducteur méprisant, un amoureux transi ;
– les faux amis (Hutin) et les méchants (Bourdoncle, Mme Desforges, l'inspecteur Jouve...) qui permettent de ménager fausses pistes, suspense, péripéties (ainsi le renvoi de Denise qui semble mettre un terme à l'idylle), et le retournement final : Mouret se décide au mariage ;
– et même la bonne fée : Caroline Hédouin qui, par-delà la tombe, conseille Octave et sourit au couple dans le dernier tableau, lorsque Mouret étreint Denise, « assis sur le bureau, dans le million ! »

Final étonnant : le million obtenu au prix de tant de deuils est comme purifié par ce baiser d'amour. Tous les antagonismes se résolvent dans la liesse générale.

Ces deux lectures appellent une même conclusion. Le triomphe de l'amour consolide entre les deux héros une collaboration nécessaire pour résoudre les contradictions d'une évolution chaotique et hâter l'avènement des sociétés harmonieuses du XXe siècle.

« L'HUMANITAIRERIE » DE DENISE

En fait, Zola a cru ou voulu croire que le Grand Magasin réaliserait le phalanstère rêvé par Fourier[1] cinquante ans plus tôt, c'est-à-dire qu'il proposerait le modèle d'une société harmonieuse améliorant le bien-être, la concorde et l'épanouissement des aptitudes de chacun.

> Je désire, disait un papier enterré en 1869 par Mme Boucicaut sous la première pierre du nouveau « Bon Marché », donner à cette construction toute spéciale une organisation philanthropique qui

---

[1]. Philosophe et économiste français (1772-1837).

me permette, en me rendant utile à mes semblables, de témoigner à la providence une profonde reconnaissance pour le succès dont elle n'a cessé de couronner mes efforts[1].

C'est exactement l'état d'esprit de Denise en laquelle Zola, qui croit — ou veut croire — à la possibilité de l'harmonie et au progrès pour tous, incarne la philanthropie du *Bonheur des Dames*.

«L'humitairerie[2]» de Denise tient aux qualités essentiellement médiatrices qui la caractérisent comme à sa «pitié active» : elle éprouve les malheurs de la boutique à laquelle elle appartient par ses origines, mais elle choisit le Grand Magasin; elle a souffert les débuts d'une vendeuse, mais elle a gravi les degrés de la hiérarchie; elle a «la tête raisonneuse et avisée d'une Normande», mais un cœur tendre... Elle seule, dans le roman, parle d'améliorer la condition des employés (c'est du Mme Boucicaut); dans ses conversations avec Mouret qui font l'objet d'un long résumé, elle ne cesse de proposer des mesures susceptibles d'humaniser le «Bonheur».

Les œuvres qui voient le jour à son initiative (p. 370-371) sont tout à fait dans la ligne de celles que créent les Grands Magasins de l'époque. Leurs directeurs, à l'exemple du patronat industriel le plus moderne, celui des mines, de la métallurgie, en effet, agglomèrent, autour des grands bazars, un ensemble d'institutions (crèches, chorales, etc.) propres, croient-ils, à attacher le personnel à l'entreprise.

---

1. Cité par Marc Daquet, *Le Bon Marché*.
2. C'est le terme de Zola. Il n'a, sous sa plume, aucun sens péjoratif.

5 | Structure du roman

« La lutte des deux magasins doit être le vrai drame, très vibrant. L'ancien commerce battu dans une boutique, puis dans d'autres moins importantes disséminées dans le quartier », affirme Zola dès ses premières réflexions sur le roman. Il précise, parlant des petits commerçants : « Je les montrerai ruinés, conduits à la faillite. Mais je ne pleurerai pas sur eux, au contraire, car je veux montrer le triomphe de l'activité moderne ; ils ne sont plus de leur temps, tant pis ! ils sont écrasés par le colosse » (Dossier préparatoire de l'œuvre).

Aussi va-t-il construire un univers manichéen, tout blanc, tout bon d'un côté, tout noir, tout mauvais de l'autre.

UNE CONSTRUCTION ANTITHÉTIQUE

Le triomphe du Grand Magasin

Tout le livre monte vers l'exposition de Blanc du dernier chapitre, volontairement conçue comme une apothéose : « Le blanc, sous la lumière électrique, apothéose finale. [...] Grand final. Large description du magasin arrivé à son apothéose », précise Zola dans ses notes préparatoires. L'irrésistible ascension d'Octave Mouret est effectivement orchestrée comme une composition musicale.

Quatorze chapitres de longueur à peu près égale, mais d'intérêt gradué, mènent à ce triomphe. Zola les répartit en trois grandes masses se terminant chacune par une grande vente, une description de la foule et du Magasin à trois états différents que Mouret contemple du haut de l'escalier central, son poste d'observation :
Octobre 1864, chapitre 4 : grande vente des nouveautés d'hiver
– Lhomme monte une recette de 87 742,10 francs.
– Mouret regarde son magasin animé, puis encombré.

14 mars 1867, chapitre 9 : grande vente des nouveautés d'été, à l'occasion de l'inauguration des nouveaux magasins
– Lhomme monte une recette de 587 210,30 francs, « la recette de la journée la plus forte que le Bonheur eût encore faite ».
– En fin d'après-midi, une cohue envahit le magasin embrasé par le soleil couchant.

Février 1869, chapitre 14 : grande vente de blanc et inauguration de la façade du magasin enfin achevé
– Lhomme monte une recette de plus d'un million.
– Un piquet d'ordre a été nécessaire pour faire circuler la cohue qui, dès le matin, a envahi le magasin.

En octobre 1864, le « Bonheur des Dames » étale ses vitrines le long des rues de la Michodière et Neuve-Saint-Augustin. Il possède 19 rayons, emploie 403 employés, fait 8 millions de chiffre d'affaires (p. 71). En 1866-1867, il a 28 rayons et emploie 1 000 employés, fait 40 millions de chiffre d'affaires. En 1869, c'est un palais qui a dévoré tout le pâté de maisons. Il ouvre sa nouvelle façade sur la rue du Dix-Décembre, nouvellement percée, a 50 rayons, emploie 3 045 employés, atteint près de 100 millions de chiffre d'affaires (p. 409).

Si le service des ventes par correspondance recevait 534 lettres par jour en 1864, on ne peut plus les compter en 1869, on les pèse.

La mort du petit commerce

À l'opposé et en contrepoint, les deux thèmes sont entrelacés, Zola multiplie les épisodes symboliques qui soulignent la disparition du petit commerce : morts et enterrements de Geneviève Baudu puis de sa mère, hébétude du père, tentative de suicide de Robineau.

Par ailleurs, si Baudu emploie trois commis en 1864, il n'a plus à son service, quatre ans plus tard, que Colomban, et encore, parce que ce dernier est fiancé à sa fille. Bientôt Colomban lui-même partira, attiré par le « Bonheur des Dames ».

REPRISE DE SCÈNES
AVEC GRADATION

Cette vision antithétique est soulignée par la reprise de scènes se déroulant dans les mêmes lieux et en présence des mêmes personnages. Elles peignent, d'un côté l'irrésistible ascension du Grand Magasin, de l'autre la décrépitude du petit commerce :

– Chapitres 4, 9, 14 : trois grandes ventes, de plus en plus importantes, de plus en plus réussies, ont lieu dans le magasin qui est de plus en plus grand. Elles coïncident, à chaque fois, avec une extension des bâtiments et du nombre de rayons.

– Chapitres 2, 12 : Mouret inspecte le magasin, ce qui permet à Zola de rappeler quel était l'état des lieux en 1864 (point de départ de l'histoire), en le comparant à l'état de 1869, une fois que les agrandissements ont été faits.

– Chapitres 3, 9 : les deux chapitres se déroulent chez Mme Desforges, à l'heure du thé. Mouret, applaudi par le cercle des femmes et le baron Hartmann, y affirme ses idées, ses projets, ses réussites, avec de plus en plus de force.

– Chapitres 1, 8, 13 : ils relatent trois visites de Denise chez les Baudu. Elles sont séparées par un peu moins de deux ans. Denise constate la décrépitude de plus en plus grande de la boutique et de ses habitants. Geneviève Baudu et sa mère meurent au chapitre 13.

AUTRES PROCÉDÉS

Zola utilise d'autres procédés pour accentuer l'opposition entre les deux types de commerce. Ainsi choisit-il, dans ce but, l'heure, la saison, les variations atmosphériques, le type de situation, le personnage qui regarde... Il tire de tous ces éléments un symbolisme particulièrement efficace. Il nous l'impose dès le premier chapitre. Énumérons les procédés dont il se sert :

– le choix du point de vue : le romancier s'efface derrière ses personnages. Il choisit de nous faire découvrir le Grand Magasin et la boutique des Baudu par le regard de Denise et de ses deux frères.

Ils sont émerveillés par le premier, terrifiés par la seconde. Le lecteur s'identifie à eux et éprouve les mêmes réactions qu'eux.

– le choix de l'heure et de la saison : une journée d'octobre pluvieuse. La boutique des Baudu paraît d'autant plus sombre et humide. Le «Bonheur», au contraire, «dans la grande ville, noire et muette sous la pluie, [...] flamb[e] comme un phare» (p. 65).

– l'usage des couleurs et de nombreuses comparaisons, péjoratives ou valorisantes, selon qu'elles sont appliquées au Grand Magasin ou à la boutique des Baudu. Celle-ci est comparée successivement à une prison, une cave, un puits ; ses couleurs sont le noir, le jaune ou le vert délavé. Le Grand Magasin est au contraire décrit comme une ruche, un foyer d'ardente lumière, une machine à vapeur fonctionnant à haute pression, un colosse, un monstre ; ses couleurs sont l'or ou le rouge éclatant.

Remarquons également l'amplification jusqu'au fantastique de la fin de ce premier chapitre : même les choses inanimées, les étoffes et les mannequins des vitrines se mettent à vivre.

Par l'utilisation de ces procédés, Zola nous impose, dès le début, la vision manichéenne qu'il développe pendant toute l'œuvre.

Il oppose non seulement deux types de commerce, mais aussi deux types de vie, deux conceptions de la vie. Du côté de la boutique, c'est le passé, la mort ; de l'autre, l'avenir, la vie. À Baudu et Vallagnosc, peu sympathiques, Zola oppose le couple idéal et dynamique formé par Denise et Mouret : face à la vieillesse du corps ou de l'âme, ils représentent l'audace, la fantaisie, l'innovation.

D'emblée, également, Zola impose le système mythique qui structure le roman : le Grand Magasin-monstre, qui a déjà bu le sang d'une femme, Mme Hédouin, mangera tout le quartier (p. 60). D'autres femmes (Geneviève Baudu sera une autre victime propitiatoire[1]), d'autres boutiques disparaîtront (p. 54).

---

1. Qui a la vertu de rendre propice.

6 | Le temps

L'intrigue du *Bonheur des Dames* se déroule d'un lundi du début d'octobre 1864 à un lundi de février 1869. Quelques retours en arrière, dans les premiers chapitres de mise en place, donnent l'histoire du magasin, celle de Mouret, celle des Baudu, etc. Sauf exception, et à son habitude, Zola ne donne pas de précisions de dates. Il se contente, le plus souvent, d'expressions du type : « la douce et pâle journée d'octobre », « le lendemain à sept heures et demie », « chaque samedi, de quatre à six ». Seules quelques références à des événements comme la percée de la rue du Dix-Décembre, réalisée en 1868-1869, ancrent le récit dans la réalité. Pour reconstituer la chronologie de l'histoire, il faut se reporter à celle que le romancier a établie dans son dossier préparatoire. Et encore l'a-t-il modifiée au moment de la rédaction du roman.

TABLEAU CHRONOLOGIQUE : LES ÉVÉNEMENTS DU ROMAN

CHAPITRES	DATES	LIEUX	ÉVÉNEMENTS
Chap. 1 25 p. 1/2	début oct. 1864	Rues de la Michodière, Neuve-Saint Augustin et avoisinantes	Denise et ses frères arrivent à Paris. Ils découvrent le quartier de l'oncle Baudu, les boutiques et l'extérieur du Grand Magasin.
Chap. 2 26 p. 1/2	le lendemain matin	Au « Bonheur des Dames »	Denise se présente comme vendeuse. L'arrivée des employés ; l'intérieur du magasin.
Chap. 3 24 p. 1/2	samedi 8 oct., à l'heure du thé	Chez Mme Desforges, maîtresse de Mouret	Les amies de Mme Desforges, acheteuses au « Bonheur des Dames ». Idées de Mouret sur le commerce, sur la vie, ses projets.
Chap. 4, 31 p. 1/2	lundi 10 oct.	Au « Bonheur des Dames »	Grande vente des nouveautés d'hiver. Première journée de Denise comme vendeuse.

Chapitres	Dates	Lieux	Événements
Chap. 5 30 p. 1/2	d'oct. à juin 1865	Au « Bonheur des Dames »	La vie d'une vendeuse et des employés. Les parties de campagne.
Chap. 6 25 p. 1/2	20 juillet 1865	Au « Bonheur des Dames »	La morte-saison d'été. Denise est brutalement renvoyée. Le réfectoire.
Chap. 7 25 p.	juillet 1865-juillet 1866	Chez Bourras et chez Robineau	Denise connaît la misère. Employée dans deux boutiques. Leurs difficultés face au Grand Magasin. Elle rencontre Mouret et parle avec lui. Mêmes idées.
Chap. 8, 22 p. 1/2	juillet 1866-mars 1867	Chez les Baudu ; Au « Bonheur des Dames »	Denise revient chez les Baudu : décrépitude de la boutique. Agrandissements du « Bonheur des Dames ». Elle y revient comme vendeuse en février.
Chap. 9 22 p. 1/2	14 mars 1867	Au « Bonheur des Dames »	Grande vente des nouveautés d'été. Inauguration des nouveaux magasins. Denise est promue.
Chap. 10 30 p. 1/2	premier dimanche d'août 1867	Au « Bonheur des dames »	Mouret se déclare à Denise qui refuse ses avances. Description des nouveaux magasins : chambres, salles à manger, cuisines, etc.
Chap. 11 22 p. 1/2	fin oct. ou début nov. 1867, à l'heure du thé	Chez Mme Desforges	Venue de Denise sous prétexte d'un essayage. Confrontation avec Mouret qui prend parti pour elle. Mme Desforges soutient Bouthemont contre Mouret.
Chap. 12 30 p. 1/2	25 sept-octobre 1868	Au « Bonheur des Dames »	Nouvelle façade du « Bonheur des Dames ». Réformes inspirées par Denise.
Chap. 13 26 p. 1/2	nov. 1868-fév. 1869	Dans le quartier	Morts de Geneviève Baudu (nov.), de Mme Baudu (janv.). Tentative de suicide de Robineau. Mort du petit commerce.
Chap. 14 40 p.	un lundi de fév. 1869	Au « Bonheur des Dames »	Inauguration de la façade. Grande vente du blanc. Mouret et Denise s'avouent leur amour. Triomphe du Grand Magasin.

ÉTALEMENT ET CONTRACTION DU TEMPS

Quelles conclusions tirer de ce tableau ?

– 6 chapitres, qui comptent parmi les plus longs du roman, se déroulent sur un jour : ce sont les chapitres 1, 4, 6, 9, 10, 14 ; 3 chapitres n'occupent que quelques heures : 2, 3, 11 ; les cinq autres, 5, 7, 8, 12, 13, s'étendent sur une période variable, de 2 à 12 mois.

– Le chapitre 7, qui raconte un an de la vie de Denise, n'occupe que 25 pages l'édition de référence ; c'est l'un des plus courts fait de quelques temps forts : Denise sur le pavé ; Denise chez Bourras ; Denise chez Robineau ; et surtout, en finale du chapitre, Denise rencontrant Mouret au jardin des Tuileries. À l'inverse, le quatorzième et dernier, qui relate une grande vente de blanc se déroulant sur un seul jour, est le plus long de tous (40 pages).

Première conclusion : ce qui intéresse Zola, ce n'est pas le temps des horloges. Il ne raconte pas ce qui se passe au jour le jour, il choisit quelques temps forts qui ponctuent le drame et le font évoluer vers le dénouement. L'année difficile que passe Denise hors du «Bonheur» l'intéresse pour trois raisons : mettre en valeur les qualités de vaillance et d'honnêteté de la jeune fille ; nous la rendre sympathique ; et, surtout, étaler un peu la durée de son intrigue.

En revanche, Zola traite le dernier chapitre du roman comme un grand final : c'est l'apothéose du Grand Magasin, de son patron et de Denise.

Deuxième conclusion : entre ces temps forts, ces moments importants du récit, Zola résume en quelques mots ce qui s'est passé : «Ce furent d'abord deux mois de terrible gêne», «Juillet fut très chaud» (p. 210, 228). Ou il le passe sous silence. Ne donnons qu'un seul exemple : il y a un enchaînement chronologique du chapitre 1 au chapitre 2 : Denise annonce à la fin du chapitre 1 qu'elle ira se présenter comme vendeuse au «Bonheur des Dames» le lendemain matin, ce qui est le sujet du chapitre 2. Mais il y a un blanc du récit entre la fin du chapitre 2 et le début du chapitre 3, qui se déroule quelques jours plus tard. Le romancier ne nous donne aucune précision, il ne lie pas un chapitre à l'autre.

Le naturalisme zolien n'est pas une plate reproduction de la réalité. Comme l'explique d'ailleurs Maupassant dans l'importante étude sur le roman qu'il publia en tête de *Pierre et Jean* :

> Raconter tout serait impossible, car il faudrait alors un volume au moins par journée, pour énumérer les multitudes d'incidents insignifiants qui emplissent notre existence. Un choix s'impose donc.

Le choix de Zola consiste à mettre en lumière les événements essentiels, à les ordonner de sorte qu'ils prennent sens en fonction de la vision qu'il veut donner. Il pourrait reprendre à son compte ce qu'affirme Maupassant :

> Faire vrai consiste donc à donner l'illusion complète du vrai, suivant la logique ordinaire des faits, et non à les transcrire servilement dans le pêle-mêle de leur succession.

Zola, de ce point de vue, est un «illusionniste» de génie, qui part du réel, mais s'en éloigne dans sa fiction, en nous faisant pourtant croire qu'il se borne à le décrire.

TEMPS ROMANESQUE ET VÉRITÉ HISTORIQUE

Zola est d'autant plus avare de précisions chronologiques que sa volonté de démonstration le pousse à commettre de volontaires erreurs dans les dates. *Au Bonheur des Dames* fait partie de la fresque des *Rougon-Macquart,* dont le sous-titre précise les limites temporelles : *Histoire naturelle et sociale d'une famille sous le Second Empire,* c'est-à-dire de 1852 à 1870. Zola crée bien son Grand Magasin en s'inspirant de modèles réels : le «Bon Marché», le «Louvre», le «Printemps», en cours de reconstruction en 1882, après l'incendie qui l'avait endommagé le 9 mars 1881, peut-être aussi les «Magasins de la Paix». Mais il resserre en cinq ans à peine la croissance du «Bonheur», alors que ses modèles n'ont pu atteindre un tel développement qu'en une trentaine d'années.

C'est en 1852 qu'Aristide Boucicaut entra au «Bon Marché» comme associé de Videau. Sous son impulsion, l'ancienne boutique de mercerie qui employait une douzaine de commis devint le plus important des Grands Magasins parisiens. Son chiffre d'affaires monta de façon vertigineuse : de 450 000 francs (or) en 1852, il atteignit 123 millions en 1888, tandis que ses bâtiments dévoraient tout un îlot de maisons. Les nouveaux magasins furent inaugurés officiellement le 2 avril 1872. De 673 employés en 1869, il était passé à 2 370 en 1882. On voit donc qu'il a fallu trente ans pour que le « Bon Marché » devienne le Grand Magasin que Zola a pu voir.

Voici, sous forme de tableaux, les renseignements pris par Zola et ce qu'il en a fait dans son roman.

Renseignements pris par Zola

Le Bon Marché	Le Louvre
(en 1881-1882, d'après les notes prises par Zola)	
11 administrateurs intéressés aux bénéfices	8 administrateurs intéressés aux bénéfices
36 rayons	55 rayons
73 caisses de détail	85 caisses de détail
3 caisses principales	
1 caisse centrale	
2 500 employés dont 152 demoiselles (la moitié couchant au magasin)	2 404 employés dont 350 demoiselles (80 logées)
226 aux expéditions	
350 garçons de magasin	
30 inspecteurs	
60 voitures ; 120 à 150 chevaux	
500 000 francs de publicité par an	plus d'un million
350 000 catalogues pour une saison + 100 000 à l'étranger	
Chiffre d'affaires annuel : 100 millions	Chiffre d'affaires annuel : plus de 100 millions
Recette d'une journée ordinaire : 300 000 francs	Recette d'une journée ordinaire : 300 000 à 400 000 francs
Recette d'une journée de grande vente : plus d'un million	Recette d'une journée de grande vente : jusqu'à 1 400 000 francs
Nombre de clientes : – jour ordinaire : 10 000 – grande vente : 70 000	

Tableau de la croissance
du « Bonheur des Dames »

octobre 1864
19 rayons
403 employés (dont 30 aux expéditions qui traitent 534 lettres)
35 demoiselles
4 voitures
8 millions de chiffre d'affaires
Recette de la grande vente du 10 octobre 1864 : 87 742,10 F

14 mars 1867
39 rayons
1 800 employés dont 200 femmes et 200 employés aux expéditions
300 000 F pour la publicité
80 millions de chiffre d'affaires
Recette de la grande vente : 587 210,30 F

25 septembre 1867
1 500 vendeurs
1 000 autres employés (dont 40 inspecteurs, 70 caissiers, 32 aux cuisines, 10 à la publicité, 350 garçons de magasin, 24 pompiers)
145 chevaux
Recettes journalières : de 100 000 à 900 000 F

novembre 1868
2 700 employés
100 millions de chiffre d'affaires

février 1869
12 intéressés
50 rayons
3 045 employés
600 000 F pour la publicité
400 000 catalogues
Recette de la grande vente du blanc : 1 000 247,95 F
Nombre de clientes : 100 000

7 L'espace

Zola est un grand romancier de l'espace. *Au Bonheur des Dames* offre un exemple privilégié de sa parfaite maîtrise de cette composante essentielle du roman et de ses intuitions, tout à fait neuves, sur les rapports de l'individu et des lieux qu'il habite.

LES LIEUX DU ROMAN

Zola construit, à l'intérieur d'un espace délimité, deux «sous-espaces» antithétiques : celui du petit commerce, boutiques étroites, sombres, humides, poussiéreuses; celui du Grand Magasin, clair, vaste, ouvert sur la rue, en expansion au détriment du premier (p. 235).

Ce sont deux espaces symboliques, auxquels sont rattachés deux systèmes et deux types de personnages, l'un dysphorique[1], l'autre euphorique. Deux courbes s'entrelacent : celle, ascendante, des agrandissements du «Bonheur», celle, descendante, des fermetures, ou de la destruction des boutiques. Le drame naît de ce combat entre le Puissant et les faibles. Ce que symbolise la lutte tragique de Baudu et, surtout, de Bourras (p. 399). La crise naît avec l'arrivée de cet «aventurier» conquérant, qui bouleverse l'équilibre du quartier.

L'ESPACE DU « BONHEUR DES DAMES »

Situation du magasin

Zola situe son magasin près d'une place, à un carrefour, lieu d'échanges par excellence. La stratégie de Mouret consiste à agrandir le magasin : il l'a mise en œuvre dès avant son mariage.

---

1. Antonyme d'euphorique.

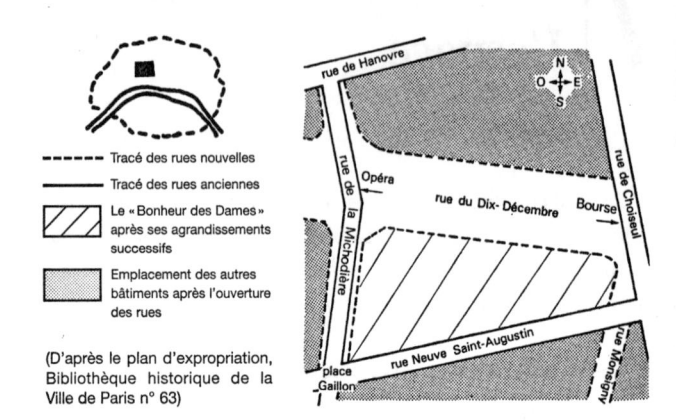

Emplacement du « Bonheur des Dames »

- - - - - Tracé des rues nouvelles
———— Tracé des rues anciennes

Le « Bonheur des Dames » après ses agrandissements successifs

Emplacement des autres bâtiments après l'ouverture des rues

(D'après le plan d'expropriation, Bibliothèque historique de la Ville de Paris n° 63)

Mouret a, en effet, compris que, dans un Paris en pleine restructuration, la possession de l'espace est pouvoir, elle est devenue un enjeu fondamental pour les spéculateurs. Zola l'a déjà montré dans *La Curée* ; il en fait le thème fondamental du *Bonheur des Dames*.

L'aventurier moderne est celui qui a l'intelligence de l'espace, qui sait prévoir, utiliser à son profit sa répartition, se faire son territoire et le défendre. Lorsque Bouthemont explique à Mme Desforges qu'il voudrait à son tour devenir patron, il met l'accent sur cette lutte pour l'appropriation de l'espace, le principe du nouveau commerce étant d'attirer les acheteuses en présentant le plus grand nombre de rayons, la plus grande variété de marchandises possible pour les séduire (p. 324).

LE MAGASIN DE 1864 à 1869

Mouret tire donc sa puissance de l'extension de son magasin. Son chiffre d'affaires croît en même temps que le « Bonheur des Dames » comme l'indique le tableau suivant.

1822 (rappel de l'histoire)	Les frères Deleuze fondent une petite boutique, «un vrai placard». Le «Vieil Elbeuf», qui existe depuis 1760, est bien plus grand.	
Octobre 1864 début du roman	Vente des nouveautés d'hiver	Le «Bonheur» occupe l'encoignure des rues de la Michodière et Neuve-Saint-Augustin. 19 rayons, 403 employés, chiffre d'affaires : 2 millions.
Mars 1867	Nouveautés d'été	Le «Bonheur» a 3 façades : rues de la Michodière, Neuve-Saint-Augustin, Monsigny. 39 rayons, 1 800 employés. Chiffre d'affaires : 80 millions. Des boutiques ferment dans le quartier.
Février 1869	Exposition de blanc	Le magasin occupe tout le pâté de maisons. Inauguration de la façade sur la rue du Dix-Décembre. 50 rayons, 3 045 employés. 100 millions de chiffre d'affaires. La boutique de Baudu est fermée, celle de Bourras détruite. Le magasin concurrent de Bouthemont, «Les Quatre Saisons», brûle.

LES AGRANDISSEMENTS DU MAGASIN

Ils se font de plusieurs manières : en surface, par le grignotage des maisons avoisinantes. Dès le premier chapitre, Baudu, malgré son désir de résister, «sentait bien le quartier envahi, dévoré peu à peu» (p. 61). Ils se font aussi par la prise de possession de Paris, de la banlieue, de la province et même du monde, en les inondant de publicité, de catalogues, en créant un service de vente par correspondance. Il n'y a plus de frontières entre le Grand Magasin et l'extérieur. D'ailleurs, Mouret ne vend-il pas des produits venus du monde entier, transformant le «Bonheur des Dames» en véritable exposition universelle, faisant de son magasin un microcosme à l'image du macrocosme?

Pour les agrandissements en hauteur, Mouret a recours à un jeune architecte qui, utilisant les nouvelles techniques du fer et du verre, empile les étages, lance à travers les halls des ponts suspendus. Zola, enthousiaste, compose de véritables poèmes en prose à la gloire de cette architecture novatrice. Il chante «la réalisation moderne d'un palais du rêve, d'une Babel entassant des étages, élargissant des salles, ouvrant des échappées sur d'autres étages et d'autres salles, à l'infini » (p. 271). La décoration qui « grimpe » le long des escaliers, « s'envole en guirlandes », les étalages aériens (« vols de dentelles », « palpitations de mousseline », « rayon de la literie comme suspendu », p. 273), contribuent à donner cette impression d'espace et de légèreté.

L'agrandissement se fait aussi en donnant l'illusion de l'espace. « Ne pas oublier que les glaces des coins, des côtés, reflètent l'étalage, font tourner les motifs en les répétant. Une science approfondie du jeu des glaces », note Zola dans son dossier. Mouret maîtrise parfaitement la science des effets de perspective et des illusions d'optique. Sa tactique est de ne laisser aucun espace vide, pas même les coins, de multiplier (artificiellement) le nombre des rayons et vitrines par un effet de miroirs, de sorte à provoquer chez les clientes un étonnement comparable à celui de Denise : « C'était un développement qui lui semblait sans fin, dans la fuite de la perspective » (p. 42). « Les glaces, aux deux côtés de la vitrine, par un jeu calculé [...] reflétaient et [...] multipliaient sans fin » les mannequins (p. 44).

Cet effet est, là encore, accentué par une science révolutionnaire de l'étalage, du jeu des couleurs et des volumes : « À droite et à gauche, des pièces de drap dressaient des colonnes sombres, qui reculaient encore ce lointain de tabernacle » (p. 44). Par ailleurs, Zola privilégie la peinture du magasin vu de haut, donc offrant au regard une succession de halls qui semble infinie.

Un habile agencement intérieur multiplie pour les clientes les allées et venues, les fait se perdre dans le dédale des rayons, ménage des étranglements où elles s'écrasent. Des « éboulements », des « écroulements » de marchandises les étourdissent encore plus.

Cette maîtrise parfaite des flux s'apparente au fonctionnement d'une machine à vapeur. Mme Marty offre l'exemple de son efficacité : entrée pour acheter « une pièce de lacet », elle ressort après avoir dépensé une somme considérable, victime « de cette névrose des grands bazars », sciemment provoquée par le maître des lieux (p. 264 et 288).

L'APPROPRIATION DE L'ESPACE
PAR DENISE

Le «Bonheur des Dames» fonctionne comme une machine à vapeur dont les employés et les clientes sont des rouages. Seul son patron, le maître de l'espace, paraît échapper à cet esclavage. Il n'apparaît jamais, comme Baudu ou Bourras, sur le pas de sa porte. On le voit, le plus souvent, comme un capitaine sur le pont de son vaisseau, en position dominante, en haut du grand escalier, d'où il embrasse la totalité de son empire, ou au cours de son inspection quotidienne. Rien ne lui échappe dans cet univers hiérarchisé, où tout est surveillé, se sait, se voit, se dénonce.

Denise est, à son arrivée à Paris, étrangère au milieu du grand commerce. Timide, désorientée lorsqu'elle pénètre pour la première fois dans le «Bonheur des Dames», humiliée, rejetée par les autres vendeuses, elle va, cependant, s'approprier peu à peu l'espace du magasin. Cette appropriation est concomitante de son ascension dans la hiérarchie de la maison. Au début du roman, par exemple, elle loge dans une toute petite chambre dont les murs laissent passer tous les bruits ; lorsqu'elle est seconde, elle occupe une des plus belles chambres qu'elle peut décorer à sa guise, elle peut aller et venir dans le magasin, voire sortir lorsque sa cousine Geneviève Baudu la fait appeler. C'était pourtant strictement interdit, les vendeurs étant, en quelque sorte, attachés à leur rayon. Elle finit par partager la puissance de Mouret, dont elle devient l'associée. Elle donne à la machine de nouvelles règles de fonctionnement, elle huile les rouages. Elle devient la reine du «Bonheur des Dames».

Pendant ce temps, les petits commerçants perdent leurs boutiques, leurs repères ; ils en meurent ou, comme Bourras, deviennent fous. La construction du Moi, son épanouissement, Zola l'a bien vu et il le démontre dans le roman, sont liés à la possession d'un espace à soi, à la manière dont on sait l'habiter et le défendre.

8 Images et mythes

Ce n'est pas un hasard si l'image du «Minotaure[1]» ou celle de la machine se sont imposées même à un théoricien comme Marx, soucieux d'illustrer l'ampleur des mutations capitalistes. L'épopée commerciale qu'il écrit pousse Zola à user d'images et de mythes.

UNE MACHINE INFERNALE

Il présente d'emblée, le magasin comme une machine à vapeur «fonctionnant à haute pression, et dont le branle aurait gagné jusqu'aux étalages» (p. 53). Cette comparaison, il ne cesse de la reprendre et de la développer : rouages, engrenages, bruits, trépidation, chaleur, rendement, dangers de la surchauffe, etc.

Ce qui le frappe d'abord, c'est la rigueur du fonctionnement de «l'usine» qu'est le «Bonheur des Dames». Non seulement le magasin fonctionne comme une machine de précision, mais Zola, qui évoque constamment en filigrane le mythe du Minotaure et de son Labyrinthe, le peint comme un piège : piège par son énormité, son «développement […] sans fin», «la fuite de ses perspectives»; par son décor surchargé; par «l'éboulement des marchandises», le «ruissellement des dentelles»; par les comptoirs-engrenages habilement dispersés; par la foule et les bruits; par «l'air troublant de mystère» et la vie qui anime tout, jusqu'aux étoffes. Les clientes sont obligées de parcourir en entier et en tous sens ce labyrinthe et de s'y laisser tenter. Perdues, écrasées, séduites, elles ne peuvent que se laisser entraîner dans «le train d'enfer» du «grand navire filant à

---

[1]. Selon la légende grecque, le Minotaure était un monstre redoutable. Son père, Minos, roi de Crète, l'avait enfermé dans un palais au plan compliqué, le Labyrinthe, d'où il ne pouvait pas plus s'échapper que les victimes dont il faisait sa pâture.

pleine machine» (p. 416). Car ce magasin-machine a besoin d'une matière première : ce sont les clientes que les vendeurs traitent comme des paquets et que Mouret, sous ses allures de séducteur, exploite «comme une mine de houille».

Zola décrit non sans peur cette exploitation de la femme transformée en objet, manipulée et tombant *fatalement* (il répète le mot sans cesse) dans le piège qu'on lui tend. Car elle n'est, malgré les attentions galantes dont Mouret la comble, qu'un instrument, un matériau même, grâce auquel il fait sa fortune et satisfait ses appétits. Le magasin devient une sorte d'alambic infernal distillant les pièces d'or qui vont couler sur le bureau de son patron, apportées chaque soir par le caissier Lhomme[1], tandis que dégorgent les marchandises à livrer, enfournées à l'extrémité opposée des sous-sols.

La glissoire, plan incliné qui déglutit les marchandises à vendre (p. 73-74 et 351), n'est pas seulement présentée comme un système ingénieux, c'est aussi un gouffre gigantesque qui absorbe «le flot intarissable des ballots» venus de l'Europe entière, et renvoyés, après avoir transité par les comptoirs, dans l'Europe entière... Zola est passé en quelques lignes de la mécanique à la monstruosité naturelle; la glissoire est comme une rivière qui s'enfonce dans le sol et dont la voracité échappe au contrôle humain. Il en est de même du service des expéditions (p. 352 et 353). Le magasin est assimilé à un énorme organisme.

« PAREIL À L'OGRE DES CONTES »

Une deuxième métaphore développe les premières. Le magasin est aussi un monstre, un *ogre* qui se repaît de marchandises (p. 147) mais surtout de chair et de sang : sang de Geneviève Baudu et de sa mère, toutes deux exsangues (p. 47 par ex.) ; chair de tout le quartier qu'il dévore peu à peu comme il le fait des clientes, des fabricants, des vendeuses et des vendeurs, y compris Denise (p. 370).

---

[1]. Le nom donné par Zola au caissier principal du «Bonheur des Dames», Lhomme, souligne le sujet du roman : l'exploitation de la femme par l'homme.

Tout le magasin résonne, comme les Halles centrales du *Ventre de Paris,* d'un «bruit de mâchoires colossales», des «dents de fer de ses engrenages» (p. 92). Il est peu de pages où il ne soit question de «manducation» ou de digestion! Car cette mécanique «à manger les femmes» (p. 111) aliène en fait tous les employés et les transforme en autant d'ogres. Partout on entend «un gros bruit de mâchoires». La machine fonctionne sur le principe de la lutte pour la vie (p. 190).

LA CATHÉDRALE DES TEMPS MODERNES

La métaphore religieuse que Zola introduit dès le premier chapitre (p. 44), pour être moins fréquente que l'assimilation du Grand Magasin à la machine et aux monstres, ne cesse de prendre de l'importance tout au long du livre pour culminer au dernier chapitre.

Avec la prodigalité de ses ors au plafond, autour des vitraux, sur les rosaces, avec sa décoration évoquant autel et tabernacle, le Grand Magasin devient le haut lieu de solennités commerciales (grandes ventes, inaugurations, soldes) annoncées et attendues comme des fêtes d'église. Il est le temple d'une «religion nouvelle».

UN CULTE NOUVEAU DE LA FÉMINITÉ

Pour Zola, la femme est une proie toute désignée de l'exaltation des sens. Qu'on relise la scène où Mme Marty, oubliant la présence de son mari, étale, «dans une sorte de besoin sensuel» et avec «une pudeur de femme qui se déshabille», les achats qu'elle vient de faire, devant ses amies à leur tour grisées, et sous le regard de Mouret : «Elles se sentaient pénétrées et possédées par ce sens délicat qu'il avait de leur être secret, et elles s'abandonnaient, séduites» (p. 116-117).

Le dernier chapitre du livre, celui de l'Exposition du Blanc, décrit le culte de la féminité, auquel la cathédrale des temps modernes est consacrée, le terme n'est pas trop fort. Le sens virginal dévolu à la blancheur dans le rituel catholique est systématiquement dénaturé.

Zola oublie les vertus célestes du blanc pour célébrer ses splendeurs terrestres (p. 409), ses clartés printanières (cf. les violettes blanches[1], p. 412) ; il glisse de la religion du blanc à celle de l'amour.

Images et évocations lyriques reviennent de manière incantatoire. Le comptoir de la lingerie féminine (p. 421-422) ou la « grande chambre d'amour » drapée de blanc du comptoir des soieries (p. 425) sont le sujet de deux poèmes érotiques. Les personnages sont enveloppés d'une atmosphère de sensualité à laquelle l'auteur n'échappe pas lui-même. Le contrepoint de ce thème mélodique est donné par les amours des deux héros qui tomberont dans les bras l'un de l'autre, quand finit l'Exposition et le livre lui-même.

Les habituées des supermarchés d'aujourd'hui, sortes de halles rustiques vouées à des consommations dépourvues de mystère, verront peut-être dans la description de Zola un fait d'époque. Il y a bien de cela dans son texte : l'érotisme à la fois diffus, voyant et voyeur (cf. la description du rayon de la lingerie) est très caractéristique et de la conception que Zola se faisait de la littérature — une entreprise de dévoilement — et d'une époque où l'athéisme se faisait gloire de réhabiliter les corps à l'encontre d'un catholicisme qui les ignorait. Mais par-delà des formes et des idées qui prêtent aujourd'hui à sourire (considérations sur la nature nerveuse des femmes, sur le caractère sensuel de leur religiosité...), les ressemblances demeurent fondamentales entre le « Bonheur des Dames » et l'époque actuelle. Le cinéma, la publicité, le commerce de luxe ont pris le relais d'une « religion » de la femme dont le Grand Magasin était hier encore le meilleur fourrier. En outre, aujourd'hui comme hier, le Grand Magasin mise toujours sur la sensualité d'une société, pour célébrer la consommation, complément indispensable de la production.

---

[1]. D'après le *Supplément du Figaro* du 5 mars 1883, Jaluzot, fondateur des magasins du « Printemps », en offrit à ses clientes. Ses intentions étaient proches de celles de Mouret. Dans le *Bottin* de 1869, il est dit qu'au « Printemps », « tout est nouveau, frais et joli », comme l'indique le nom du magasin.

9 | Un roman naturaliste

UNE CONCEPTION NOUVELLE DU ROMAN

Milieu et hérédité

Le roman, au XIXe siècle, raconte de plus en plus des histoires vraies. Les lecteurs demandent qu'on leur parle, avec réalisme, de la société dans laquelle ils vivent. Balzac et Stendhal ont été les premiers grands inventeurs du roman moderne. Balzac, en particulier, a voulu, dans *La Comédie humaine,* analyser les lois de fonctionnement de la société de la Restauration (1814-1830) et de la Monarchie de Juillet (1830-1848). Zola le prend pour modèle. Il veut dans sa fresque rendre compte avec franchise de la société du Second Empire (1852-1870). « C'est de la connaissance seule de la vérité que pourra naître un état social meilleur », affirme-t-il dans les premières réflexions qu'il jette sur le papier en 1867-1868.

Comme les romanciers qui le précèdent, il va donc étudier les relations que l'individu entretient avec le milieu dans lequel il vit, l'influence de la famille, de l'éducation, de l'environnement, etc.

L'hérédité

Mais, pour se différencier de Balzac, il s'appuie sur les dernières découvertes des sciences physiologiques. Il étudie l'influence de l'hérédité sur l'homme. Depuis les années 1850, en effet, se multiplient les études sur les névroses et les dégénérescences (voir l'étude dans le *Bonheur des Dames* de la « névrose des Grands Magasins »). Le roman naturaliste intègre ces recherches sur le corps. C'est ce qui le distingue du roman réaliste. Pour résumer, Zola étudie comment l'homme est façonné par le milieu et par l'hérédité.

Pour lui, le roman doit analyser le monde contemporain, explorer tous les milieux, en utilisant les dernières découvertes scientifiques, en particulier dans le domaine de la médecine. Le roman poursuit un but pédagogique et social. « Notre rôle d'être intelligent est là : pénétrer le pourquoi des choses, pour devenir supérieur aux choses et les réduire à l'état de rouages obéissants », affirme-t-il dans son article *Le Roman expérimental* (1879). Et il ajoute :

> Nous sommes en un mot des moralistes expérimentateurs, montrant par l'expérience de quelle façon se comporte une passion dans un milieu social. Le jour où nous tiendrons le mécanisme de cette passion, on pourra la traiter et la réduire, ou tout au moins la rendre la plus inoffensive possible.

UNE ENQUÊTE MINUTIEUSE

Pour rendre compte de la société de son époque et en faire comprendre le fonctionnement à ses lecteurs, Zola consacre chacun de ses romans à un milieu différent. Il rassemble une documentation, plus ou moins abondante selon le sujet choisi. Les informations préparant *Au Bonheur des Dames* sont très importantes : 384 pages de notes prises sur le terrain, à la suite de conversations. Elles sont particulièrement intéressantes et restent d'une actualité étonnante : les méthodes pour vendre et pour séduire les clientes, le fonctionnement d'un Grand Magasin, la psychologie des acheteuses n'ont guère changé d'un siècle à l'autre[1].

Une enquête sur le terrain

Sur le fonctionnement des magasins

Zola a visité longuement trois Grands Magasins, « Le Bon Marché », « Le Louvre » et « À la Place Clichy », dont sa femme était cliente. Il a pris près de cent feuillets de notes. Ils constituent un

---

[1]. Les notes de Zola sont conservées à la Bibliothèque nationale. On pourra les lire dans Émile Zola, *Carnets d'enquête,* collection « Terre humaine », Éd. Plon, ou dans l'édition du roman dans la collection « Bouquins », Éd. R. Laffont, Émile Zola, *Les Rougon-Macquart,* t. III.

véritable reportage sur les magasins : plans par étage, choses vues ou entendues, renseignements les plus variés, salaires, chiffres, bribes de conversations, impressions, description des lieux, habitudes, etc. Ces informations passent directement dans le roman.

Prenons quelques exemples parmi d'autres, significatifs de la méthode zolienne. Le menu du repas pris par les employés au chapitre 6 est celui qui est affiché au «Bon Marché» le jour où Zola l'a visité. Les sensations que Mme Desforges éprouve au chapitre 9 devant les agrandissements du «Bonheur des Dames» sont celles qu'il a lui-même ressenties et rapidement esquissées. Il fait également passer dans le roman, directement, son étonnement devant l'énormité des cuisines des nouveaux magasins du «Bonheur des Dames» ou devant l'étroitesse des chambres où logent les employées. L'insertion de ces petits faits vrais, de ces impressions réellement éprouvées contribue à créer «l'illusion réaliste».

Sur le personnel des magasins

Mais, si Zola se renseigne sur les salaires du personnel, les horaires ou la hiérarchie, s'il insère toutes ces informations avec exactitude dans l'œuvre, il regarde peu vivre, dans ses notes, les hommes et les femmes qui sont derrière les comptoirs ou dans les bureaux. Quand il visite les magasins, il ne les interroge pas. Il n'aurait pas pu le faire, probablement, s'il l'avait souhaité : les employés étaient étroitement surveillés par le personnel d'encadrement.

Cette matière «humaine», cette information sur les vendeuses et les employés, il les tire de trois informateurs, un chef de rayon au «Bon Marché», un ancien chef de comptoir au «Louvre», et, surtout, une vendeuse au rayon de la confection du magasin «Saint-Joseph». Il prit au cours des conversations qu'il eut avec eux près de 70 feuillets de notes. Il eut d'autres informateurs : le secrétaire général du «Bon Marché», un des directeurs du «Louvre», etc.

Au total, et c'est ce qui donne sa valeur à l'œuvre, Zola rassemble une documentation de première main, variée et importante, même si elle lui a été fournie en grande partie par du personnel d'encadrement ou s'il la tient de sources livresques.

Il faut voir comment il s'en est servi, comment il la fait passer dans l'œuvre. Il faut voir aussi si la thèse qu'il veut démontrer, le triomphe du progrès et des gens actifs, ne fausse pas la réalité.

Zola devait éviter plusieurs difficultés majeures. Le Grand Magasin est un phénomène nouveau au moment où il compose son roman. C'est un des signes et des agents de la transformation économique et sociale qui caractérise la seconde moitié du XIXe siècle. Il donne à voir les tensions qui travaillent la société française : tensions entre grand, moyen et petit commerce, entre capital et travail, entre fabricants, entre les employés eux-mêmes, tous emportés par le système de l'intéressement dans une course folle à l'argent.

Zola doit comprendre, maîtriser et mettre à la portée des lecteurs des mécanismes complexes. Il lui faut aussi éviter de se perdre dans des descriptions infinies, de noyer son lecteur dans une documentation abondante et fastidieuse, ce qu'on lui a reproché dans des romans précédents comme *Le Ventre de Paris*.

UNE PRÉSENTATION EXHAUSTIVE DU GRAND MAGASIN

Zola nous donne une vision exhaustive et toujours valable du grand commerce. Il peint, au fil des chapitres :
– le magasin lui-même, à l'extérieur et à l'intérieur, à différentes heures du jour et à différentes saisons, son architecture révolutionnaire, sa décoration ;
– ses différents rouages, les principes de son fonctionnement ;
– le travail des vendeurs, des vendeuses, de tous les autres employés qui font marcher la maison, des plus petits au patron ;
– l'atmosphère des rayons, les rapports entre les employés, entre les rayons ;
– les différents types d'acheteuses, leurs rapports avec les vendeurs et les vendeuses, leurs caprices, la « névrose des grands bazars » qui les pousse à des dépenses folles ou au vol ;
– les grandes ventes et les foules qui se pressent alors dans les Grands Magasins ;

- la morte saison d'été, les renvois, le statut précaire du personnel ;
- l'inventaire ;
- la science des étalages...

Le reportage est complet, juste.

LA QUESTION DU POINT DE VUE

Pourtant, *Au Bonheur des Dames* reste un roman parce que Zola sait faire passer sa documentation sans rompre le fil du récit. Il utilise plusieurs procédés qui lui sont habituels.

Dans le roman de la représentation du réel de la deuxième moitié du XIXe siècle, l'auteur omniscient, qui sait tout, voit tout, raconte tout (à la manière de Balzac), tend à disparaître et à laisser sa place aux personnages. C'est, en effet, par leur regard, à travers leurs expériences, leurs parcours, leurs conversations, leurs rencontres, que nous découvrons peu à peu, en même temps qu'eux, le monde dans lequel ils vivent, ou dans lequel ils pénètrent pour la première fois. Ce faisant, ils se découvrent à nous. Leur psychologie se dévoile ainsi à travers leurs actes et leurs réactions. Zola refuse les longues analyses, courantes dans le roman traditionnel.

Un des procédés qu'il utilise de préférence, parce qu'il est efficace, est d'amener dans le milieu qu'il veut décrire, un nouveau venu, qui ne connaît pas ce milieu mais qui est, toutefois, capable d'en reconnaître les caractéristiques. Ainsi Denise, qui arrive de province, mais qui, parce qu'elle est elle-même vendeuse, peut, mieux que tout autre personnage, s'intéresser à une sorte de magasin qu'elle découvre avec étonnement et admiration.

Le grand souci de Zola est d'éviter de donner sa documentation par grandes masses, indigestes pour le lecteur. Aussi répartit-il ses informations tout au long du roman, au lieu de les accumuler dans les premiers chapitres de présentation. Il les insère dans le cours du récit en utilisant ses personnages, qui sont construits pour cette fonction, et en imaginant des scènes appropriées (inspection du magasin, thé chez Mme Desforges).

Lorsqu'on lit ses notes préparatoires, on est frappé par la récurrence de remarques du type : « Et surtout expliquer le petit commerce par des faits et des conversations. [...] Une partie de tout cela à table, pendant le déjeuner » (à propos du chapitre 1). Ou encore : « Couper ces explications par les conversations des femmes à côté, sur la toilette, sur les achats » (il s'agit de la réception chez Mme Desforges pendant laquelle Mouret essaie de convaincre le baron Hartmann de financer son entreprise).

Dans le *Bonheur des Dames,* Zola fait passer sa documentation essentiellement par trois personnages :

– Mouret, qui a l'habitude d'inspecter en détail toute sa maison, et qui explique par deux fois au baron Harmann et à son ami Vallagnosc ses conceptions et ses projets ;

– Denise, qui parcourt tout le magasin, et qui témoigne également sur le petit commerce ;

– Baudu, la mémoire du quartier. Il apprend à sa nièce, et au lecteur, l'histoire du « Bonheur des Dames » et de Mouret, mais aussi celle du petit commerce des alentours.

Trois regards privilégiés, auxquels s'ajoutent ceux des acheteuses, des employés, etc. Zola multiplie, en effet, les points de vue, non pas pour brouiller l'image du Grand Magasin, du petit commerce et des divers personnages, comme le ferait Flaubert, par exemple, mais pour que nous en ayons une vision complète.

Toutefois, s'il privilégie la « vision avec », Zola ne se prive pas d'exprimer directement, à travers ses descriptions, l'admiration qu'il éprouve pour le mécanisme bien réglé et particulièrement efficace qu'est le Grand Magasin. Voir sa description des cuisines ou de l'architecture des nouveaux magasins (p. 307 et 403). Ces pages expriment l'admiration qu'il a éprouvée quand il a visité les cuisines du « Bon Marché » et que révèlent les notes qu'il a prises alors.

LIBERTÉS PRISES AVEC LE RÉEL

Mais, pour démontrer sa thèse, Zola accumule, contre toute vraisemblance historique, deuils et ruines. De la même façon, peu après, il dotera, dans *Germinal,* chacun des membres de la famille Maheu d'une maladie qui accable les mineurs.

Dans le *Bonheur des Dames,* il transforme le réel : en noircissant le petit commerce, en créant un Grand Magasin bien plus puissant que ses modèles.

Noircissement du petit commerce

Dans une ville en pleine expansion comme Paris, il y eut longtemps place pour des commerces de tous les types et de toutes les tailles, d'autant que les petits boutiquiers faisaient de grands efforts de modernisation : ils attiraient le chaland par leurs étalages, s'éclairaient au gaz. Le fameux Passage des Panoramas[1], que Zola évoque dans *Nana,* avec ses boutiques riches et bien achalandées, où Méliès fit, à la fin du siècle, ses premières expériences cinématographiques, annonce par bien des côtés, le magasin de Mouret.

Zola ne passe pas entièrement ces efforts sous silence. Robineau, Bourras, Baudu, essaient de lutter contre le Grand Magasin en reprenant ses procédés. Mais ils échouent tous trois, et l'écrivain n'épargne pas son ironie à l'égard de Bourras et de Baudu, ne serait-ce que dans le choix de leurs noms : Bourras/Bourru, Baudu/Baudet/Baudruche... Le romancier ne parle jamais des petits commerçants qui ont réussi. Ce qui a poussé un jeune critique de ses amis, Louis Desprez à lui reprocher sa vision trop noire :

> Quant au *Vieil Elbeuf,* je le trouve trop 1820, trop moisi, trop vieillot, trop lugubre. Le petit commerce de nos jours a obéi dans une certaine mesure à l'impulsion du grand. Il est très loin de la cambuse de Balzac.

Desprez pense à *La Maison du chat qui pelote* (1829), dont Zola s'est servi pour dépeindre la boutique des Baudu : or Balzac décrivait le commerce de la Restauration.

L'histoire du petit commerce est autrement plus complexe que l'écrivain ne le montre. D'ailleurs, le « Bonheur des Dames » a bel et bien été d'abord une boutique, mais une boutique qui n'a cessé de

---

[1]. Une des nombreuses galeries couvertes ouvertes dans Paris dans la première moitié du XIXe siècle. Située dans le quartier de la Bourse, elle devait son nom à de grands tableaux peints sur une toile circulaire donnant l'illusion d'un vaste paysage. C'est là qu'on fit, en 1817, un des premiers essais d'éclairage au gaz.

prospérer, comme le précise Baudu à Denise, alors que le « Vieil Elbeuf » n'a cessé de décliner. En 1822, le « Bonheur des Dames » est une petite boutique qui n'ouvre que par une vitrine sur la rue Neuve Saint-Augustin (p. 59 et suivantes). Son histoire s'est répétée à des dizaines d'exemplaires. Le César Birotteau de Balzac[1] aurait pu devenir un grand parfumeur comme Piver ou Guerlain, s'il n'avait pas eu la manie des grandeurs et n'avait pas spéculé aventureusement.

Idéalisation du Grand Magasin

L'essor des Grands Magasins de nouveautés est lié à celui de l'industrie textile : progrès de la fabrication, teinture au moyen de couleurs artificielles, moins chères que les couleurs naturelles, etc. ; aux grands travaux d'urbanisme, au développement des grandes villes. Il a bien commencé dès le milieu du siècle. Mais leur épanouissement est postérieur à 1870. C'est alors que les boutiques se sentent menacées quand, ne se contentant plus de vendre des « nouveautés » (des tissus), les Grands Magasins ont créé des rayons offrant des objets de toutes sortes, comme le fait Mouret. Le « Bon Marché » par exemple, ne vendait pas, sous le Second Empire, période à laquelle Zola situe l'intrigue de son roman, des jouets, des livres, de la bijouterie, de l'orfèvrerie, des articles japonais, des meubles, des luminaires, des chaussures, comme le fait « Au Bonheur des dames ». Il n'ouvrira ces rayons qu'après 1880.

Pour les besoins de sa thèse, Zola resserre donc en quelques années une évolution qui a débuté sous le Second Empire, mais s'est poursuivie ultérieurement. Toutefois, s'il triche sur les dates, il ne fausse pas la réalité et décrit avec justesse la clientèle des Grands Magasins. Ils visent non le « menu peuple » (on ne voit les ouvrières qu'attirées par les soldes, près des portes, ou par les « casiers et [...] corbeilles débordant d'articles à vil prix », p. 119, 263), mais la petite

---

1. *Histoire de la grandeur et de la décadence de César Birotteau, marchand parfumeur, adjoint au maire du deuxième arrondissement de Paris, chevalier de la légion d'honneur* (1837).

bourgeoisie en mal de luxe (ainsi Mme Marty, femme d'un professeur besogneux, ou Mme de Boves, aristocrate désargentée[1]).

Le roman naturaliste ne se contente pas d'accumuler les détails vrais, de faire un reportage. Il saisit les évolutions, en n'hésitant pas à bousculer la réalité.

L'ART DE LA DESCRIPTION

Zola procède, à son habitude, par grandes scènes significatives, dans lesquelles il rassemble la plupart des personnages. Mais, dans le *Bonheur des Dames,* il ne les traite pas comme des scènes de théâtre. Il utilise, avant l'heure, de véritables procédés cinématographiques : plans d'ensemble, *travellings,* gros plans sur un personnage typique.

L'écriture zolienne va bien au-delà de la technique des peintres impressionnistes de laquelle on la rapproche souvent. Certes, il s'attache à rendre les jeux de la lumière, les reflets, il est sensible aux volumes, aux différents plans, aux jeux des couleurs. Mais il veut surtout rendre dans ce roman le mouvement, la vie, les flots d'acheteuses, les bruits, les odeurs, «l'odeur de la femme, l'odeur de son linge et de sa nuque, de ses jupes et de sa chevelure, une odeur pénétrante, envahissante, qui semblait être l'encens de ce temple élevé au culte de son corps» (p. 276).

---

[1]. Il fallait alors de 20 à 30 mètres de soie pour faire une robe; en 1866, la soie coûtait dans les 4 francs le mètre; une ouvrière gagnait de 1,50 F à 2 F par jour ouvrable.

10. Le sens du roman

UNE RÉFLEXION SUR LE CAPITALISME

L'ambivalence du capitalisme

Quand Zola se met à écrire *Au Bonheur des Dames,* le krach de l'Union générale, banque catholique fondée en 1875, est encore tout chaud. Survenu au mois de janvier 1882, il a déterminé une crise du crédit qui a multiplié faillites et fermetures au sein du petit commerce parisien. Zola n'exploitera cet événement que dans *L'Argent* (1891).

Il se borne, dans *Au bonheur des dames,* à souligner l'ambiguïté du système. L'idée se répandait que les méfaits du capitalisme sont l'envers inévitable de ses bienfaits. Cette ambivalence est au cœur même du roman de Zola.

Une démystification de la société capitaliste

Le long procès intenté au directeur de l'Union générale a apporté au grand public une masse d'informations trop précises pour que Zola en reste à la vision romantique des capitalistes qui était encore la sienne dans *La Curée*.

Dans ses romans antérieurs, les capitalistes étaient des personnages balzaciens : par exemple, Saccard qui, dans *La Curée,* fonde sa fortune sur une indiscrétion et une absence de délicatesse dont il exploite habilement les fruits. Dans le *Bonheur des Dames,* Mouret et le baron Hartmann sont des hommes de métier. Celui-ci fréquente le salon élégant mais assez médiocre de Mme Desforges. L'amalgame qui réunit un banquier dont la fortune est faite, un chef de rayon dont la fortune est à faire et les amies plus ou moins besogneuses de la maîtresse de maison traduit l'unité d'un monde pour lequel l'argent est l'étalon suprême de la valeur; un monde sur lequel le baron Hartmann règne tout naturellement.

La vision optimiste de Zola

Zola voit très bien la vanité de l'ascension sociale provoquée par la multiplication de la richesse. Il n'en reste pas moins que Mouret est son porte-parole lorsqu'il déclare chez Mme Desforges que le Grand Magasin élève «le bien-être de la bourgeoisie moderne» (p. 117). Il discerne le bond en avant des techniques industrielles et commerciales autour de 1880 et en fait la substance du roman.

Un rapprochement avec l'époque actuelle s'impose : la colère des boutiquiers de Zola évoque celle que provoque, de nos jours, dans le petit commerce la multiplication des supermarchés et hypermarchés... Les boutiquiers du roman prévoient une croissance indéfinie du Grand Magasin. «Lorsqu'ils voudront s'agrandir, il leur faudra jeter des ponts au-dessus des rues», grogne le père Baudu, face au «Bonheur des Dames» qui déploie la splendeur de ses nouveaux bâtiments. Moins de cent ans après, c'est chose faite. Le «Bon Marché», le «Printemps», les «Galeries Lafayette» ont pont sur rue; en revanche, le vieux Baudu ne devine pas plus l'avenir du petit commerce que les boutiquiers en colère d'aujourd'hui.

L'APPLICATION DE LA LOI
DE DARWIN[1] AU GRAND MAGASIN

Que les meilleurs gagnent

Au Bonheur des Dames est la première des œuvres de Zola qui procède d'une réflexion sur l'évolution des sociétés. On y retrouve l'écho et le reflet des idées que *Le Roman expérimental* a déjà développées. Et d'abord, la conviction que le monde obéit à des lois : les

---

[1]. Naturaliste anglais (1809-1882) dont le livre *L'Origine des espèces*, paru en 1859, a eu en France un très grand retentissement. Il y développe une théorie selon laquelle la lutte pour la vie entraîne la disparition des espèces les moins douées.

hommes sont en concurrence comme les espèces animales; dans la vie sociale comme dans la vie biologique, les meilleurs, c'est-à-dire les mieux adaptés au milieu, l'emportent. Telle est la règle du jeu. Cette conception de l'évolution, beaucoup trop systématique, néglige, en ce qui concerne les sociétés, les possibilités d'adaptation des «espèces sociales» désuètes.

Le Grand Magasin a gagné du terrain, certes, mais l'épidémie de peste qui emportait en chaîne les boutiques du temps de Zola n'a pas fait disparaître le petit commerce; en outre, la concurrence du Grand Magasin a accéléré la formation d'une race de boutiquiers modernes qui n'a rien à voir avec les Bourras et les Baudu.

Le Grand Magasin, champ de bataille du progrès

Le Grand Magasin, du haut en bas de l'échelle, obéit au principe inhumain et efficace de la concurrence. Le système de l'intéressement aux ventes transforme le magasin en un champ de bataille où tout le monde s'épie, se combat. Guerre sournoise et d'autant plus pernicieuse qu'elle est le système lui-même (p. 190). Il n'y a plus que des ennemis; les administrateurs qui sont intéressés au chiffre de vente total surveillent étroitement les chefs de rayons, intéressés, eux, au chiffre de vente de leur rayon; les contrôleurs, de leur côté, dépistent les erreurs des vendeurs, et ainsi de suite. La disparité des gains annuels (voir tableau p. 86) est faite pour stimuler l'émulation et engendrer la concurrence au sein du personnel.

Aucune solidarité dans ce monde du chacun pour soi. «La lutte pour la vie est entière, chacun va à son intérêt immédiat», note Zola dans son dossier. Ceux qui gravissent les échelons s'empressent d'écraser les autres à leur tour. Aucune révolte : l'accroissement des ventes qui fait la fortune de Mouret, permet aux vendeurs d'augmenter leurs gains. Deux ans avant *Germinal,* Zola met en lumière les conséquences tragiques d'un système que ne tempèrent plus les habitudes patriarcales de la boutique.

SALAIRES ANNUELS

(très différent selon les rayons, les bénéfices tirés de la guelte variant énormément selon les marchandises vendues)

	Bon Marché 1881-1882	**Louvre** 1881-1882	**Au Bonheur des Dames**
Garçon de magasin		600 F, logé, nourri, livrée (ceux qui accompagnent les voitures de livraisons peuvent gagner, grâce au pourboires, 1 200 F et même 3 000 F)	
Vendeur débutant (après 4 à 5 mois au pair) 3 à 400 F Vendeur moyen fixe : 6 à 700 F plus la guelte (6 F par jour)			Clara, 1867 : 2 500 F, en tout.
Bon vendeur fixe 12 à 1500 F plus la guelte (10 F par jour) Peut gagner jusqu'à 6000 à 7000 F	fixe (800 à 1 000 F) plus la guelte : 3 000 à 5 000 F		Hutin : fixe 1000 + 7 à 8 F de guelte (jour ordinaire), pouvant aller jusqu'à 12,15 F ; 1867 : 10 000 F. Marguerite : fixe 1 500 F + 3 000 F de guelte (en 1867)
Chef de rayon fixe : 6 000 à 7 000 F plus les primes : 10 000 à 15 000 F par an	fixe (3 000 à 4 000 F) plus les primes : 10 000 F Peuvent gagner jusqu'à 35 000 F (la première de la confection au Louvre)		Mme Aurélie (confection) : 12 000 F (en 1867 : 25 000 F) Bouthemont : fixe (3 000 F) + pourcentage – 15 000 F (en 1867 : 30 000 F)
Second		la moitié du salaire du premier de rayon	Denise, comme seconde, 1 000 F, puis 2 000 F fixe, 7 000 F avec la guelte et l'intéressement
Caissier			Lhomme : 5 000 F ; en 1867 : 9 000 F
Intéressés – administrateurs	80 000 F		
Inspecteurs divisionnaires	5 000 F		
Inspecteur de quartier	2 800 à 4 000 F		

Nous voici loin, avec *Au Bonheur des Dames,* de toute une imagerie républicaine pour laquelle le progrès emprunte une route qui va s'élargissant jusqu'à un immense soleil. Crises, ruines, morts, « ce sont là, constate Denise, les maux irrémédiables qui sont l'enfantement douloureux de chaque génération » (p. 390).

Zola accepte pourtant la loi de l'évolution parce qu'elle est malgré tout la condition du progrès. Cruelle mais efficace, elle accomplit les principes républicains qui veulent la promotion des capacités et du mérite. Mouret est le fils de ses œuvres, sa réussite ne doit rien qu'à son génie commercial ; le triomphe de Denise est celui de ses vertus. Zola se laisse aller, comme son héros, à son admiration pour les constructeurs et pour leur œuvre : quand le meilleur gagne, la société aussi gagne — dans son ensemble...

LA « GAÎTÉ[1] » DE LA VIE, MOTEUR DE L'ÉVOLUTION

Dans *l'Ébauche* où il définit ses intentions, Zola déclare qu'il veut :

> dans *Au Bonheur des Dames* faire le poème de l'activité moderne. Donc changement complet de philosophie : plus de pessimisme d'abord, ne pas conclure à la bêtise et à la mélancolie de la vie, conclure au contraire à son continuel labeur, à la puissance et à la gaîté de son enfantement. En un mot, aller avec le siècle, exprimer le siècle, qui est un siècle d'action et de conquête, d'efforts dans tous les sens. Ensuite, comme conséquence, montrer la joie de l'action et le plaisir de l'existence.

« La gaîté de son enfantement », « le plaisir de l'existence », ces expressions ont de quoi surprendre le lecteur auquel le roman raconte sans fard l'histoire d'une entreprise édifiée sur les ruines, enrichie par les appétits et les vanités. Mais le Grand Magasin en lui-même, quel que soit son aveuglement de machine produisant sans discernement le bien et le mal, est un progrès dont il faut apprendre l'usage. Il suppose un amour des biens terrestres, une philosophie de la joie et de la jouissance qui va au cœur de Zola, hostile à la

---

[1]. La « gaîté » de la vie et non pas la force vitale. Zola, à l'exemple de son maître à penser de l'époque, le physiologiste Claude Bernard, jugeait cette notion peu scientifique.

mortification chrétienne comme le montraient certains romans antérieurs, *La Faute de l'abbé Mouret,* entre autres.

Du Grand Magasin, Mouret veut faire un monde où l'on ne s'ennuie pas. Pour le «Bonheur des Dames», il exige «du bruit, de la foule, de la vie; car la vie [...] attire la vie, enfante et pullule» (p. 259). Il aurait pris volontiers à son compte le slogan publicitaire selon lequel : «Il se passe toujours quelque chose aux Galeries Lafayette.»

À l'imitation de Boucicaut du Bon Marché qui n'organise pas moins de onze grandes ventes par an[1], Mouret est toujours entre deux expositions, deux journées de soldes; il agrandit, change de place les rayons, fait et défait les étalages. Pour renouveler la curiosité, son magasin doit être une perpétuelle surprise et les visiteurs doivent s'y promener comme s'ils allaient à la découverte de merveilles inconnues.

Le temps du Grand Magasin n'est pas non plus celui de la boutique où les jours et les heures coulent comme au sablier. Il transgresse l'ordre naturel selon lequel se déroule le temps monotone de la boutique. Fugaces, mais suggestives, des notations mentionnent les sensations subtiles et délicieuses que ces inventions dépaysantes procurent à la clientèle. La nuit n'est plus la nuit grâce à l'éclairage électrique[2] dont Zola dote le «Bonheur» dès 1864, au prix d'un anachronisme[3]; les saisons elles-mêmes ne sont plus ce qu'elles étaient. C'est ainsi que Mme de Boves et Mme Marty ont la surprise agréable, un aigre jour de mars, «d'entrer dans le printemps au sortir de l'hiver» (p. 265). Le temps vécu est en train de changer et l'ordre immuable des choses de céder à la créativité des hommes.

L'ILLUSION DU PATERNALISME

Denise croit que le «Bonheur des Dames» doit devenir «l'immense bazar idéal», «dans l'intérêt même des patrons et avec eux».

---

[1]. Document polygraphié communiqué par le «Bon Marché».
[2]. Dans *Le Figaro* du 23 mars 1881 (coupure conservée par Zola), un journaliste disait que grâce à l'éclairage électrique «c'est la clarté qui continuera dans la nuit celle du soleil».
[3]. Le premier magasin éclairé uniquement à l'électricité est le «Printemps» en 1883.

Les réformes déjà faites (retraites, assurances, etc.), conclut Zola dans une phrase qui paraît résumer sa pensée, sont « l'embryon des vastes sociétés ouvrières du XXe siècle ». Ne donnons pas à l'expression « société ouvrière » un sens nettement anticapitaliste. Ces sociétés ouvrières sont de simples communautés de travail. Alors que les boutiquiers, type Bourras ou Baudu, se figurent l'harmonie sociale sous les espèces d'une société de boutiquiers et d'artisans délivrés de la concurrence des « gros », des courants de pensée divers imaginent que les vastes entreprises pourraient être le noyau de collectivités harmonieuses. Il convient de faire vivre les ouvriers et les employés *dans* l'entreprise et *par* l'entreprise, disent en particulier les réformateurs chrétiens à la manière de Le Play[1], si l'on veut empêcher l'essor d'un socialisme de combat...

C'est ce qui a été réalisé au Creusot, à Guise, dans l'Aisne, autour de la fabrique de poêles Godin, ailleurs encore. Les Grands Magasins, eux, implantent une « société ouvrière » au cœur même de Paris, dans des quartiers où l'individualisme quasi viscéral des boutiquiers et des artisans a montré son impuissance face aux révolutions de 1830 et de 1848 et même en 1871, au début de la Commune. C'est pourquoi le « Bon Marché » est le point de mire des réformateurs sociaux. Et il n'est pas que Zola pour le visiter en mai 1882. La Société d'Économie Sociale largement inspirée par Le Play y amène elle aussi ses adhérents ce même mois de mai ; puis elle commente la politique sociale des Boucicaut dans une longue séance dont Zola a certainement pris connaissance par la presse.

Pour ces philanthropes chrétiens, le « Bon Marché » est déjà un « phalanstère », une « société ouvrière » dans la mesure où il propose à son personnel non pas seulement un cadre de travail mais un cadre de vie collective. « Toute la vie était là, on avait tout sans sortir, l'étude, la table, le lit, le vêtement » (p. 371).

Zola n'est donc pas plus un socialiste, au sens où nous l'entendons aujourd'hui, que Denise ou, bien sûr, Mouret. Il nourrit à l'égard de la politique sociale des Grands Magasins l'illusion d'une efficacité

---

[1]. Ingénieur, sociologue et philanthrope chrétien (1806-1882).

durable, peut-être entretenue par l'embourgeoisement progressif des employés, évoqué à plusieurs reprises comme un bien (p. 291, 309 et 330), alors que «la société ouvrière» créée par les Grands Magasins s'effritera au cours du XXe siècle, gagnée par l'individualisme urbain, minée par les lois sociales qui rendent inutile le paternalisme des patrons.

LES INCERTITUDES DE ZOLA

Zola partage l'incertitude dont témoignent la presse et la littérature à l'égard des Grands Magasins. S'il admire leur force d'expansion, la logique et le perfectionnement de leur mécanisme, s'il est fasciné par leurs dimensions colossales, par les écroulements de marchandises, la richesse et l'éclat des couleurs, les effets de lumière et les reflets que multiplient les vitrines à l'infini, la vie intense qui les anime, il est aussi sensible à la détresse des Baudu et des Bourras.

Le tiraillement de Zola est caractéristique d'une période d'attente meublée d'espoirs mais aussi d'inquiétude… La lucidité n'est pas de règle lorsqu'une société est confrontée à un phénomène aussi nouveau dont elle ne maîtrise ni les mécanismes ni l'usage. L'institution, en pleine croissance, se modifie sous ses yeux, sans qu'il soit toujours facile de deviner ce qu'apportera l'avenir.

Les lignes que Zola écrivit quelques années plus tard, le 9 juillet 1890, à un admirateur hollandais qui l'interrogeait sur son nouveau roman *L'Argent,* pourraient nous servir de conclusion : «Je n'attaque ni ne défends l'argent, je le montre comme une force nécessaire jusqu'à ce jour, comme un facteur de civilisation et de progrès.» Reste la façon de se servir de cette force… Zola éprouve la nécessité, dans *L'Argent* comme dans *Au Bonheur des Dames,* de mettre aux côtés de ses héros, Saccard et Mouret, deux figures d'amoureuses, Mme Caroline et Denise, dont les qualités viennent compléter le génie créateur des deux hommes d'affaires et donner un sens à leurs entreprises. Denise, en particulier, réconcilie le présent et le passé, le cœur et la raison, les affaires et les sentiments.

TROISIÈME PARTIE

Six lectures méthodiques

Texte 1 | Chapitre 1
(Au Bonheur des Dames, pages 53 et 54)

Alors, Denise eut la sensation d'une machine, fonctionnant à haute pression, et dont le branle aurait gagné jusqu'aux étalages. Ce n'étaient plus les vitrines froides de la matinée ; maintenant, elles paraissaient comme chauffées et vibrantes de la trépidation intérieure. Du monde les regardait, des femmes arrêtées s'écrasaient devant les glaces, toute une foule brutale de convoitise. Et les étoffes vivaient, dans cette passion du trottoir : les dentelles avaient un frisson, retombaient et cachaient les profondeurs du magasin, d'un air troublant de mystère ; les pièces de drap elles-mêmes, épaisses et carrées, respiraient, soufflaient une haleine tentatrice ; tandis que les paletots se cambraient davantage sur les mannequins qui prenaient une âme, et que le grand manteau de velours se gonflait, souple et tiède, comme sur des épaules de chair, avec les battements de la gorge et le frémissement des reins. Mais la chaleur d'usine dont la maison flambait, venait surtout de la vente, de la bousculade des comptoirs, qu'on sentait derrière les murs. Il y avait là le ronflement continu de la machine à l'œuvre, un enfournement de clientes, entassées devant les rayons, étourdies sous les marchandises, puis jetées à la caisse. Et cela réglé, organisé avec une rigueur mécanique, tout un peuple de femmes passant dans la force et la logique des engrenages.

Denise, depuis le matin, subissait la tentation. Ce magasin, si vaste pour elle, où elle voyait entrer en une heure plus de monde qu'il n'en venait chez Cornaille en six mois, l'étourdissait et l'attirait ; et il y avait, dans son désir d'y pénétrer, une peur vague qui achevait de la séduire.

INTRODUCTION

Situer le passage

Denise, orpheline depuis un an, vient d'arriver à Paris avec ses deux frères. Le commerce de tissus de son oncle Baudu est en déclin, à cause de la terrible concurrence que lui fait le « Bonheur des Dames », situé juste en face de sa propre boutique, le « Vieil Elbeuf ». Denise observe les étalages placés sur le trottoir, devant lesquels se presse une foule nombreuse. Malgré le ressentiment de son oncle contre le magasin rival, elle ne peut s'empêcher d'être séduite par l'animation qui y règne.

Dégager des axes de lecture

Nous découvrons dans ce passage, à travers le regard de Denise, l'extraordinaire pouvoir de séduction que le « Bonheur des Dames » exerce sur tous ceux qui l'approchent. Cependant, ces vitrines si attirantes fonctionnent comme un redoutable piège. L'efficacité du système commercial de Mouret fait du « Bonheur des dames » une véritable machine infernale.

PREMIER AXE DE LECTURE
LA FOCALISATION INTERNE

Toute la scène est vue en focalisation interne, à travers le regard de Denise. Ce procédé souligne l'intérêt passionné qu'elle porte au Grand Magasin dont elle ne peut détacher ses regards.

Un lieu de tentation

Denise est une provinciale, venue de la petite ville normande de Valognes : son ignorance des réalités parisiennes permet à Zola de mettre en valeur la stupeur de la jeune fille, devant ce magasin immense où se presse « plus de monde qu'il n'en venait chez Cornaille en six mois » (l. 26-27). Captivée par le puissant dynamisme du magasin, elle se sent l'objet d'une violente « tentation » (l. 25). Cependant, ses sentiments sont ambivalents, puisqu'elle est à la fois attirée et étourdie, séduite et effrayée. La jeune fille semble déjà avoir le pressentiment de la nature double du Grand Magasin.

Denise n'est pas la seule victime : la clientèle se trouve toute entière happée par les attraits du magasin. Le champ lexical du désir, avec cette foule «brutale de convoitise» (l. 7), souligne la violence de la «passion» (l. 8) qui travaille les clientes. La phrase accumulative (l. 5 à 7), avec ses trois termes formant une gradation ascendante, «du monde», «des femmes», «toute une foule», suggère la force du désir. Cette tentation est subie passivement, elle s'impose à Denise comme à toutes les femmes qui approchent le «Bonheur des Dames».

Une séduction sensuelle

La description des vitrines montre comment s'exerce cette séduction : la présentation des étoffes crée un climat charnel. L'utilisation insistante du féminin permet à Zola de donner une identité sexuelle aux étoffes qu'il décrit (l. 10 à 12). De plus, les mannequins imitent les formes pleines d'un corps féminin, avec ses «épaules de chair» (l. 15); ils rendent jusqu'aux mouvements de la vie, avec «les battements de la gorge et les frémissements des reins» (l. 15-16). Ils suggèrent même la chaleur d'un corps féminin «souple et tiède» (l. 14). Ce climat de sensualité invite la clientèle à entrer à l'intérieur du magasin. En effet, les mannequins permettent aux clientes une identification avec ces figures d'une féminité idéale, dans un autoérotisme diffus.

Présence du fantastique

Grâce à ces étalages savants, Denise croit voir les étoffes s'animer d'une vie autonome. Par le procédé de personnification, ces tissus, dotés d'une «âme», semblent, sous le regard de la jeune fille, se mouvoir, attirer les clientes en soufflant «une haleine tentatrice» (l. 11-12). Les volumes habilement disposés imitent le souffle de la vie, cachent pour mieux y attirer «les profondeurs du magasin» (l. 9). Une seule longue phrase (l. 5 à 16) exprime la séduisante beauté des vitrines, réussissant à créer un climat presque fantastique. Cet attrait naît aussi du mystère qui entoure ces magnifiques créatures.

À la douceur sensuelle de ce passage succède brutalement une image inattendue (l. 16), qui crée un effet de contraste.

DEUXIÈME AXE DE LECTURE
UNE IMAGINATION VISIONNAIRE

En décrivant le «Bonheur des Dames» comme une énorme machine moderne, Zola expose une thèse, tout en déployant la puissance visionnaire de son imagination.

Une métaphore centrale

Le Grand Magasin est comparé, à l'aide d'une métaphore filée, à une énorme machine à vapeur, fonctionnant «à haute pression» (l. 2), avec une extrême puissance. Cette métaphore est développée sous tous ses aspects. La «chaleur» dégagée par la machine prouve un dynamisme prodigieux. La vente en est la source d'énergie : elle «chauffe» le magasin. Le bruit et la trépidation lui donnent une dimension très agressive. Ces vibrations sont suggérées par les allitérations en dentales qui produisent un effet d'harmonie imitative «vibrantes de la trépidation intérieure» (l. 4-5). Plus loin, l'image de l'usine (l. 16) vient relayer celle de la machine en l'amplifiant encore.

L'imagination puissante de Zola déforme la réalité : c'est lui qui par moments regarde en visionnaire, et non plus Denise. Certains détails de la description montrent que l'image est affranchie de tout réalisme : ainsi, la chaleur intense dont la maison «flambe» (l. 17), et surtout la bousculade de la vente «qu'on sentait derrière les murs» (l. 18). Bien loin d'une plate exactitude documentaire, le romancier interprète et amplifie la réalité.

Une mangeuse de chair humaine

La machine représente métaphoriquement le fonctionnement du magasin : elle traite les clientes avec une terrible brutalité. La succession des participes passés «entassées», «étourdies», «jetées à la caisse » (l. 20-21), décrit un mécanisme d'une grande violence. Piégées par les séductions du magasin, les clientes sont entraînées inexorablement dans la « force et la logique des engrenages » (l. 23-24), comme pour être broyées. La haute précision de cette machine, avec sa « rigueur mécanique », en augmente encore le caractère inquiétant. Enfin, l'image de « l'enfournement » (l. 20) suggère nettement que le monstre dévore ses victimes.

L'image si riche de significations de la machine revient à plusieurs reprises dans le roman. Le « Bonheur des Dames » est destiné à créer du profit. Dans ce but, il n'hésite pas à traiter les clientes comme des objets. Celles-ci ne sont que la matière première qui alimente cette machine, faite pour satisfaire les exigences du profit.

Un mythe moderne

Dans la France de la révolution industrielle, les réalités contemporaines de la mécanisation et de l'industrialisation prennent une place importante dans l'imaginaire collectif. Zola, qui veut être un romancier de son temps, crée les mythes de la modernité, en lien avec l'imaginaire de l'époque. Ainsi, l'image de la machine qui broie dans ses rouages ses victimes innocentes se substitue aux mythes traditionnels du monstre mangeur de chair humaine, ogre ou Minotaure[1].

CONCLUSION

Dans ce passage, qui expose simultanément les séductions et les dangers d'un système de vente, Zola montre qu'il est conscient de l'ambivalence du progrès. La séduction du magasin fait naître le désir des clientes, et parvient à en tirer du profit. L'image de la machine, qui revient si fréquemment dans la suite du roman, montre le processus de déshumanisation à l'œuvre dans la modernité. Les maux du progrès sont l'envers inévitable de ses bienfaits.

---

[1]. Le Minotaure est dans la mythologie grecque un monstre, homme à tête de taureau, qui, enfermé dans le labyrinthe de la Crète, exigeait chaque année un tribut de jeunes gens qu'il dévorait.

Texte 2 — Chapitre 4
(*Au Bonheur des Dames*, pages 135 et 136)

À la soie, la foule était aussi venue. On s'écrasait surtout devant l'étalage intérieur, dressé par Hutin, et où Mouret avait donné les touches du maître. C'était, au fond du hall, autour d'une des colonnettes de fonte qui soutenaient le vitrage, comme un ruissellement d'étoffes, une nappe bouillonnée tombant de haut et s'élargissant jusqu'au parquet. Des satins clairs et des soies tendres jaillissaient d'abord : les satins à la reine, les satins renaissance, aux tons nacrés d'eau de source ; les soies légères aux transparences de cristal, vert Nil, ciel indien, rose de mai, bleu Danube. Puis, venaient des tissus plus forts, les satins merveilleux, les soies duchesse, teintes chaudes, roulant à flots grossis. Et, en bas, ainsi que dans une vasque, dormaient les étoffes lourdes, les armures façonnées, les damas, les brocarts, les soies perlées et lamées, au milieu d'un lit profond de velours, tous les velours, noirs, blancs, de couleur, frappés à fond de soie ou de satin, creusant avec leurs taches mouvantes un lac immobile où semblaient danser des reflets de ciel et de paysage. Des femmes, pâles de désir, se penchaient comme pour se voir. Toutes, en face de cette cataracte lâchée, restaient debout, avec la peur sourde d'être prises dans le débordement d'un pareil luxe et avec l'irrésistible envie de s'y jeter et de s'y perdre.

— Te voilà donc ! dit Mme Desforges, en trouvant Mme Bourdelais installée devant un comptoir.

— Tiens ! bonjour ! répondit celle-ci qui serra les mains à ces dames. Oui, je suis entrée donner un coup d'œil.

— Hein ? c'est prodigieux, cet étalage ! On en rêve... Et le salon oriental, as-tu vu le salon oriental ?

— Oui, oui, extraordinaire !

INTRODUCTION

Situer le passage

Le 10 octobre, jour où Denise commence à travailler au « Bonheur des Dames », a lieu la grande vente des nouveautés d'hiver. Pour mieux appâter sa clientèle, Octave Mouret veille personnellement à la beauté des étalages. Le rayon de la soie, où l'on vend un article en réclame, le Paris-Bonheur, se trouve particulièrement soigné. Situé dans le grand hall du magasin, cet étalage est le chef-d'œuvre du jour.

Dégager des axes de lecture

Dans un premier temps, on verra comment Mouret met en œuvre un véritable génie artistique pour réaliser ces étalages qui possèdent une réelle beauté. Par ailleurs, lorsqu'il décrit les merveilles du magasin, Zola manifeste un talent de poète : le texte se rapproche alors de l'esthétique du poème en prose.

PREMIER AXE DE LECTURE
LE GÉNIE DE L'ÉTALAGE

À chaque grande vente, les rayons sont agencés différemment pour renouveler le plaisir de la clientèle, en créant un effet de surprise : il s'agit d'éblouir, pour aiguiser le désir féminin.

Une composition savante

La volonté d'attirer et de retenir les clientes dans le magasin donne lieu à des étalages aussi somptueux que variés. Celui conçu par Hutin et Mouret est une véritable architecture d'intérieur, très soignée. Il est entièrement vertical : les tissus, fixés au sommet d'une colonnette en fonte, retombent de toute cette hauteur jusqu'au sol, imitant ainsi l'effet d'une chute d'eau ou d'une cascade multicolore.

La disposition des étoffes suit un agencement ingénieux, dans une véritable mise en scène. Les tissus sont répartis selon trois niveaux, en fonction de leur poids et de leur coloris : tout en haut, les soieries les plus légères, aux couleurs tendres (l. 7 à 10). Puis viennent les soies moyennes et les teintes plus chaudes (l. 11-12). Tout en bas, les étoffes façonnées, lourdes et épaisses (l. 13 à 19). L'ordonnancement général se fait donc selon un effet de dégradé, avec une recherche de l'harmonisation des teintes sur l'ensemble des trois niveaux.

Un éblouissement de couleurs

Au rayon de la soie, Mouret se révèle surtout comme un coloriste de talent. Il cherche la profusion de la couleur, la richesse et la diversité des teintes. Dans un immense chatoiement, les verts, les bleus, les roses s'harmonisent et se rehaussent mutuellement (l. 9-10). Les camaïeux délicats forment un arc-en-ciel de teintes douces et précieuses. Mouret cherche ici une harmonie d'ensemble ; dans d'autres rayons, il recherche au contraire les discordances de couleurs flamboyantes (p. 84).

L'échantillonnage tient compte de la valeur des teintes. Tantôt, il cultive l'alternance entre les coloris doux et frais et les teintes plus chaudes, tantôt il cherche le contraste entre les blancs et les noirs (l. 16). De plus, la composition valorise le brillant et la transparence des soieries : le nacré des satins, « les soies légères aux transparences de cristal » (l. 9-10) apportent leur note chatoyante, les velours la profondeur de leurs reflets et une touche de sensualité.

Une œuvre d'art

Mouret n'est pas un simple étalagiste : il manifeste dans la décoration de son magasin un véritable sens artistique. L'esthétique qu'il vise est ici nettement réaliste, car sa composition cherche à donner l'impression d'une chute d'eau. L'art imite la nature : à la fin du passage, l'illusion est complète, puisque dans les étoffes semblent « danser des reflets de ciel et de paysage » (l. 18-19). Les clientes, piégées par la ressemblance avec une surface liquide, se penchent « comme pour se voir » (l. 20).

Mouret, qui a mis lui-même « les touches du maître » (l. 3), a travaillé en peintre : la « touche » est un terme technique de peinture qui désigne la manière particulière à chaque artiste de poser la couleur sur la toile. Quant au terme de « maître », on l'emploie pour désigner des artistes de grand renom. Zola semble donc reconnaître à Mouret un talent artistique.

Les clientes ne s'y trompent pas : leurs réactions devant ces merveilles montrent que leur sensibilité esthétique est touchée. **Leur admiration et leur plaisir s'expriment en des termes qui ne seraient pas déplacés dans une exposition de peinture.** « On en rêve ! » (l. 28), s'exclame l'une d'elles... Mouret parvient à susciter une émotion esthétique. Cette émotion n'est pas cependant dénuée d'une dimension érotique : le désir du luxe qui étreint les clientes est **profondément ambivalent.** Il est source d'une étrange peur, mais aussi d'une « irrésistible envie de s'y jeter et de s'y perdre » (l. 22-23) : ce désir métaphorise ici le désir sexuel. Le Grand Magasin est un univers fortement érotisé.

DEUXIÈME AXE DE LECTURE
UN POÈME EN PROSE

Pour décrire ce magnifique étalage, Zola met en œuvre toutes les ressources de la langue et du rythme : dans un véritable poème en prose, il célèbre la beauté des soieries.

▎La métaphore aquatique

Une métaphore filée[1] très insistante couvre l'ensemble de la description : le champ lexical de l'eau est décliné suivant une riche série d'expressions : « ruissellement d'étoffe » (l. 5), « nappe bouillonnée » (l. 5-6) ; les soies roulent « à flots grossis » (l. 12) ; les étoffes les plus lourdes forment un large bassin « ainsi que dans une vasque » (l. 13). Les divers mouvements de l'eau sont rendus par des verbes « jaillissaient », « roulant », « dormaient ». Le choix des épithètes participe à l'effet d'ensemble, avec des adjectifs comme « vert Nil » ou « bleu Danube ».

---

1. *Métaphore filée* : métaphore qui développe l'analogie sur laquelle elle est fondée selon plusieurs autres termes, appartenant au même champ lexical.

La métaphore filée obéit à un mouvement d'extension progressive, avec un élargissement du comparant : du jaillissement d'une source, on passe à un «lac», puis à une «cataracte lâchée». La métaphore en s'élargissant donne une ampleur majestueuse à la composition. Notons que Zola passe insensiblement du registre de la comparaison à celui de la métaphore : l'identification du comparé avec le comparant s'accomplit de façon subtile et progressive.

Une poésie verbale

L'évocation des différentes soieries qui composent l'étalage donne lieu à une riche création verbale. Zola aime utiliser des termes techniques précis, comme «armures», «brocarts» ou «damas» (l. 14), et il fait aussi entendre leurs syllabes riches et sonores. Le mot «velours» est répété deux fois, avec la sensualité de ses sonorités longues et douces.

Les adjectifs qualificatifs qui servent à répertorier les qualités et les coloris des tissus suggèrent par leur diversité des harmoniques aussi variées que délicates. On remarque la dominante des nuances douces et printanières : «claires», «tendres», «tons nacrés», «rose de mai». Les sonorités claires en [è] (l. 7 à 10) viennent renforcer ces impressions. De plus, la diversité des étoffes permet tout un travail sur les connotations. Les «satins à la reine» ou les «soies duchesse» créent un climat de raffinement aristocratique; les «satins merveilleux» ou les «satins renaissance» ont une connotation gracieuse, presque féerique. Quant aux noms des différents coloris, comme «vert Nil», «rose de mai», «bleu Danube» (l. 10), ils proposent des associations de mots qui font rêver. Tous ces termes créent un climat de luxe, de féminité délicate et sensuelle.

Zola n'a pas inventé ces expressions raffinées ou précieuses : il les a trouvées dans des catalogues de grands magasins. Les textes publicitaires sont prodigues en inventions lexicales : le romancier n'a eu qu'à choisir, parmi tous ces termes, ceux qui lui paraissaient les plus poétiques.

Le lyrisme

Le lyrisme[1] du texte jaillit de cet inventaire de merveilles : Zola ne se lasse pas de recenser les réalisations conjuguées de la nature et de l'art humain, d'en décliner toutes les richesses et les nuances. L'émerveillement des acheteuses reproduit celui de Zola lui-même, fasciné par l'abondance extraordinaire des biens de consommation.

Le rythme des phrases participe au lyrisme du texte : la description procède en vastes périodes descriptives. Les accumulations font sentir toute la complexité et la richesse du monde des tissus. Les énumérations (l. 8 à 17) sont parcourues par un souffle d'un joyeux lyrisme. La très longue phrase (l. 12 à 19), avec ses reprises, son rythme binaire, ses antithèses, est toute frémissante de l'admiration de Zola pour les réalisations de l'industrie humaine.

CONCLUSION

Le Grand Magasin est un lieu de perdition d'autant plus dangereux qu'il est plus séduisant. Les Grands Magasins créent un climat de beauté et de sensualité, pour susciter l'appétit de consommation de la clientèle. Mouret, en connaisseur des femmes, sait les conditionner. Grâce à la beauté des étalages et des vitrines, la sensibilité des clientes est fortement sollicitée, et disposée à l'achat.

---

1. *Lyrisme :* ton exprimant une émotion intense et cherchant à la faire partager au lecteur.

Texte 3 — Chapitre 4

(Au Bonheur des Dames, pages 147 et 148)

À l'intérieur, sous le flamboiement des becs de gaz, qui, brûlant dans le crépuscule, avaient éclairé les secousses suprêmes de la vente, c'était comme un champ de bataille encore chaud du massacre des tissus. Les vendeurs, harassés de fatigue, campaient parmi la débâcle de leurs casiers et de leurs comptoirs, que paraissait avoir saccagés le souffle furieux d'un ouragan. On longeait avec peine les galeries du rez-de-chaussée, obstruées par la débandade des chaises ; il fallait enjamber, à la ganterie, une barricade de cartons, entassés autour de Mignot ; aux lainages, on ne passait plus du tout, Liénard sommeillait au-dessus d'une mer de pièces, où des piles restées debout, à moitié détruites, semblaient des maisons dont un fleuve débordé charrie les ruines ; et, plus loin, le blanc avait neigé à terre, on butait contre des banquises de serviettes, on marchait sur les flocons légers des mouchoirs. Mêmes ravages en haut, dans les rayons de l'entresol : les fourrures jonchaient les parquets, les confections s'amoncelaient commes des capotes de soldats mis hors de combat, les dentelles et la lingerie, dépliées, froissées, jetées au hasard, faisaient songer à un peuple de femmes qui se seraient déshabillées là, dans le désordre d'un coup de désir ; tandis que, en bas, au fond de la maison, le service du départ, en pleine activité, dégorgeait toujours les paquets dont il éclatait et qu'emportaient les voitures, dernier branle de la machine surchauffée. Mais, à la soie surtout, les clientes s'étaient ruées en masse ; là, elles avaient fait place nette ; on y passait librement, le hall restait nu, tout le colossal approvisionnement du Paris-Bonheur venait d'être déchiqueté, balayé, comme sous un vol de sauterelles dévorantes.

INTRODUCTION

Situer le passage

Mouret a mis en œuvre, parmi bien d'autres techniques modernes de vente, le système des articles promotionnels. Il propose un article à très bas prix, avec une marge bénéficiaire réduite, susceptible d'attirer une clientèle nombreuse. Le 10 octobre, on met en vente un article annoncé à grand renfort de publicité, le Paris-Bonheur, une soie d'un rapport qualité-prix exceptionnel. Dans l'après-midi, la vente a connu un énorme succès. Au soir de cette journée, le magasin a complètement changé d'aspect.

Dégager des axes de lecture

Un premier axe de lecture étudiera la comparaison centrale : le magasin bouleversé par la vente est comparé à un immense champ de bataille. De ce fait, la description des lieux, dévastés par la foule des clientes, emprunte une tonalité épique.

PREMIER AXE DE LECTURE
L'IMAGE CENTRALE
DU CHAMP DE BATAILLE

Une image centrale irradie tout le texte : pour animer et dramatiser la description du magasin en fin de journée, Zola utilise l'image du champ de bataille au soir d'un combat.

Le magasin dévasté

L'étude de l'énonciation montre que les tournures impersonnelles dominent : le point de vue n'est pas rapporté à un personnage précis. On parcourt d'abord le rez-de-chaussée jusqu'à l'entresol, avant de descendre au sous-sol, au service des expéditions ; ensuite on remonte vers le rayon de la soie, dans le grand hall situé au rez-de-chaussée. Ce parcours désordonné accroît l'impression d'une immense confusion.

Les clientes, dans leur rage d'achats, ont entièrement détruit le bel agencement des rayons. Le champ lexical du désordre est partout présent. Les nombreux participes passés soulignent la «débandade» qui règne. Les marchandises sont «dépliées, froissées, jetées au hasard» (l. 20). Elles forment à terre des tas désordonnés, ce qu'indique les verbes «jonchaient», «s'amoncelaient» (l. 17-18). L'envahissement de l'espace est tel qu'on ne circule plus : les passages sont bloqués, les galeries sont envahies par les chaises. Le motif de l'obstacle infranchissable renforce l'impression de confusion : on avance «avec peine» (l. 7), les galeries sont «obstruées» (l. 8).

La métaphore du combat

Les marchandises qui restent témoignent de la violence de la bataille commerciale; l'image passe par le champ lexical de la destruction : «saccagés», «à moitié détruites», «les ruines». Aux confections, les vêtements sont comparés à «des capotes de soldats mises hors de combat» (l. 18-19). Tout cela évoque un combat militaire, ou même révolutionnaire : le mot de «barricades» (l. 9) est généralement utilisé dans un contexte d'insurrection.

Les troupes de Mouret sont épuisées. Les vendeurs sont décrits campant sur le champ de bataille comme les soldats accablés après de rudes combats. Mignot, du rayon des gants, et Liénard sont comme des soldats «harassés de fatigue» (l. 4-5).

Cette description a été préparée dès le début du chapitre, où Mouret est présent à son poste préféré, en haut du grand escalier (p. 131 et 140). De cette position dominante, il surveille le mouvement des clientes comme un général en chef observe ses troupes.

Interprétation

La métaphore du champ de bataille suscite de nombreuses images de violence et de destruction. Ici, cette image n'est pas gratuite. Bien loin d'être un simple ornement du récit, elle est au contraire révélatrice de la violence extrême du désir féminin. La «rage» d'achat des clientes trouve son origine dans les couches profondes de la personnalité. Tout d'abord, le désir du luxe a une dimension sexuelle : la fièvre des clientes est comparée à un grand délire érotique collectif. Le rayon de la lingerie est dévasté comme «dans le désordre d'un coup de désir» (l. 22). De plus, cette image dominante suggère peut-être que la pulsion d'achat de la clientèle rejoint la pulsion de mort. Chez Zola, les gros appétits, de quelque nature qu'ils soient, gravitent tous autour de l'instinct de mort.

DEUXIÈME AXE DE LECTURE
LE TON ÉPIQUE

Zola est un poète épique : sous sa plume, des réalités apparemment ordinaires prennent une ampleur nouvelle.

Les images

Variées et fortes, les images contribuent à la création d'un climat épique. Dans le texte dominent les métaphores de catastrophes naturelles : le «souffle furieux d'un ouragan» (l. 6-7) met en valeur la violence destructrice de l'assaut. De même, l'image du fleuve en crue, avec ces maisons dont un «fleuve débordé charrie les ruines» (l. 13-14) évoque un bouleversement destructeur. La «mer de pièces» (l. 11-12) crée l'illusion d'un espace illimité. De plus, les images de phénomènes naturels donnent une dimension poétique au texte : grâce à la métaphore filée du linge qui a «neigé à terre» (l. 14), le rayon du blanc se métamorphose en un champ couvert de neige, une «banquise» avec les «flocons légers» (l. 15-16) des mouchoirs.

Le romancier ménage une gradation ascendante entre ses images : la comparaison des sauterelles est le point culminant de la description. Les invasions de sauterelles sont en Afrique un effroyable fléau. De la même façon, les acheteuses n'ont absolument rien laissé du Paris-Bonheur.

Le grandissement épique

La dimension épique s'exprime à travers divers procédés d'écriture. Les hyperboles sont nombreuses. Toute la métaphore filée de la bataille comporte en elle-même une part d'exagération. Le mot «débâcle» est utilisé à la fois dans son sens propre (la fonte des neiges), mais aussi dans son sens figuré de « désastre ». Les champs lexicaux de l'excès et du débordement sont bien représentés, avec « débordé » (l. 13), « dégorgeait » (l. 23), « surchauffée » (l. 25).

En outre, le style périodique donne un souffle épique au passage : une seule longue phrase descriptive envisage les différents aspects de la bataille (l. 16 à 25). La conjonction de coordination « mais » souligne l'effet de surenchère. Une rhétorique insistante donne de l'ampleur à la phrase, avec une prédilection pour les rythmes ternaires « dépliées, froissées, jetées au hasard » (l. 20), ou binaires « déchiqueté, balayé » (l. 29). Le redoublement de l'expression donne plus de force aux idées exprimées. Le parallélisme des phrases concourt au même effet d'amplification et de dramatisation.

Une victoire commerciale

Le désordre dont chaque rayon témoigne s'explique par la foule avide des clientes. Puisque les acheteuses ont ravagé tout le magasin, on pourrait les croire victorieuses. Pourtant, il faut inverser la signification du passage : bien que les champs lexicaux suggèrent qu'une catastrophe s'est abattue sur le magasin, le passage illustre au contraire le triomphe de Mouret. Ces « ravages » témoignent de la réussite commerciale du « Bonheur des Dames ». Les clientes sont en réalité vaincues : piégées par les ruses commerciales de Mouret, elles ont été finalement dépossédées de leur argent. Mouret est le grand vainqueur, le général en chef responsable de la victoire.

CONCLUSION

Les Grands Magasins déchaînent chez la clientèle une fièvre d'achats. Zola peint une époque et une classe sociale ivres de luxe et de plaisir. Il considère la folie de consommation comme une grande névrose collective. La description du magasin bouleversé témoigne de ce dérèglement : le désordre extérieur exprime aussi l'anarchie intérieure des clientes affolées par leur propre désir, poussées à l'achat par tous les stimulants du commerce moderne.

Texte 4 — Chapitre 5

(Au Bonheur des Dames, pages 157 et 158)

Comme Denise évitait les moindres dépenses, elle montait se coucher de bonne heure. Que pouvait-elle faire sur les trottoirs, sans un sou, avec sa sauvagerie, et toujours inquiétée par la grande ville, où elle ne connaissait que les rues voisines du magasin ? Après s'être risquée jusqu'au Palais-Royal, pour prendre l'air, elle rentrait vite, s'enfermait, se mettait à coudre ou à savonner. C'était, le long du couloir des chambres, une promiscuité de caserne, des filles souvent peu soignées, des commérages d'eaux de toilette et de linges sales, toute une aigreur qui se dépensait en brouilles et en raccomodements continuels. Du reste, défense de remonter pendant le jour ; elles ne vivaient pas là, elles y logeaient la nuit, n'y rentrant le soir qu'à la dernière minute, s'en échappant le matin, endormies encore, mal réveillées par un débarbouillage rapide ; et ce coup de vent qui balayait sans cesse le couloir, la fatigue des treize heures de travail qui les jetait au lit sans un souffle, achevaient de changer les combles en une auberge traversée par la maussaderie éreintée d'une débandade de voyageurs. Denise n'avait pas d'amie. De toutes ces demoiselles, une seule, Pauline Cugnot, lui témoignait quelque trendresse ; et encore, les rayons des confections et de la lingerie, installés côte à côte, se trouvant en guerre ouverte, la sympathie des deux vendeuses avait dû jusque-là se borner à de rares paroles, échangées en courant. Pauline occupait bien une chambre voisine, à droite de la chambre de Denise ; mais, comme elle disparaissait au sortir de table et ne revenait pas avant onze heures, cette dernière l'entendait seulement se mettre au lit, sans jamais la rencontrer, en dehors des heures de travail.

INTRODUCTION

Situer le passage

Denise a été embauchée comme vendeuse au «Bonheur des Dames», mais elle est au pair, ce qui signifie qu'elle ne touche pas d'autre revenu que son pourcentage sur les ventes. De plus, ses collègues de travail, très hostiles, lui prennent toutes les bonnes clientes. Comme Denise doit payer la pension de son jeune frère, et aider l'aîné, toujours à court d'argent, elle connaît une période de misère noire. Elle est logée sous les toits, dans les chambres inconfortables prévues pour que les vendeuses puissent habiter sur place.

Dégager des axes de lecture

Zola brosse une description détaillée des conditions de vie des vendeuses, pénibles à bien des égards. Il analyse la dureté d'un système qui conduit inévitablement à une terrible dégradation des rapports humains.

PREMIER AXE DE LECTURE
UN TABLEAU RÉALISTE
DE LA VIE DES VENDEUSES

Zola s'est intéressé de longue date à la situation sociale des vendeurs, qui forment une catégorie sociale nouvelle, à mi-chemin entre le peuple et la bourgeoisie. Pendant son travail de documentation, il a étudié soigneusement leur mode de vie. Dans son roman, il évoque avec une grande précision leurs conditions de travail.

La misère d'une débutante

La composition du passage le montre clairement : Denise est le fil directeur du récit. Zola évoque d'abord les maigres loisirs de la jeune fille (l. 1 à 7), avant d'en venir, avec une précision toute documentaire, au mode de vie des vendeuses (l. 7 à 19). Dans la dernière partie du paragraphe, on revient à l'héroïne pour décrire sa solitude. Ainsi, c'est toujours à travers l'histoire individuelle de Denise que Zola peint la condition des vendeuses.

À ce moment du récit, Denise possède le statut le plus précaire qui soit. Comme sa situation financière est désastreuse, elle ne peut se permettre aucune sortie. Son origine provinciale l'isole complètement dans la grande ville, qui est pour elle un lieu inconnu et inquiétant. La «sauvagerie» (l. 3) de Denise n'est qu'un mélange de timidité et de pudeur, chez une jeune fille qui redoute les avances masculines. Quelques détails réalistes montrent son extrême pauvreté. Réduite à laver son linge elle-même, elle passe tout son temps libre à «coudre ou à savonner» (l. 7), pour tenter de préserver le plus longtemps possible ses vieux vêtements. Comme Denise, le vendeur Deloche connaît la misère, de même que Pauline lors de ses commencements dans le métier. Tous les débutants sont mis à l'épreuve, sans salaire fixe, avant d'être embauchés définitivement.

Des chambres où l'on ne vit pas

Le roman présente un tableau très complet des conditions de vie des vendeuses. Cependant, pour ne pas lasser le lecteur, Zola prend soin de répartir ces éléments documentaires dans la masse du texte. Ici, il décrit leur vie dans les chambres, sous les toits. Petites cellules réduites au strict minimum, ces chambres sont des lieux où l'on vient seulement satisfaire un besoin vital, le sommeil : «elles ne vivaient pas là, elles y logeaient la nuit» (l. 12-13). L'opposition entre les deux verbes est significative : ces cabines ne permettent pas de mener une vie agréable, ni même décente.

Deux métaphores à valeur dépréciative peignent efficacement l'endroit : celle de la «caserne» (l. 8) suggère une existence sans confort ; la rigueur du règlement s'y fait constamment sentir, faisant peser des interdits pénibles. La phrase (l. 12) résonne si sèchement qu'on la croirait extraite du règlement lui-même. D'autre part, la métaphore de l'«auberge» (l. 18) confirme que ces chambres ne sont que des lieux de passage, anonymes et sans âme.

De dures conditions de vie

Quelques mentions plus précises font entrevoir l'existence harassante des vendeuses : les journées interminables de treize heures qui les jettent épuisées sur leurs lits, la fatigue persistante le matin après une nuit trop courte, la « maussaderie éreintée » (l. 19) de femmes qui accomplissent un travail trop pénible.

De plus, les vendeuses sont constamment pressées par le temps. Elles vont et viennent en « coup de vent » (l. 15-16), ne peuvent se saluer qu'« en courant » (l. 25) : la vie est dévorée par le souci du temps, qui représente de l'argent. En effet, l'impératif premier du magasin est la rentabilité, dont les vendeuses constituent un élément décisif.

Ces vendeuses mènent une existence dégradante. Le climat moral est sordide. Le champ lexical de la saleté (« peu soignées », « linges sales » l. 9-10) est présent, et lié à celui de la laideur des mœurs (« aigreur », « brouille »). À la trivialité de l'environnement correspond celle des mœurs. Derrière l'apparence élégante des vendeuses en robe de soie, la réalité est peu reluisante. La pauvreté matérielle entraîne une misère morale sans doute pire encore.

DEUXIÈME AXE DE LECTURE
LA DÉGRADATION
DES RAPPORTS HUMAINS

Le texte souligne le rapport entre les conditions de vie et les liens sociaux. Naturaliste, Zola étudie d'une façon quasi scientifique les incidences du milieu sur le caractère et le comportement.

Destruction des liens sociaux

La solitude de Denise est complète ; elle n'a « pas d'amie » (l. 20), et personne ne semble s'intéresser à elle. En effet, toute sociabilité est difficile, voire impossible, dans un tel univers. Zola montre ici l'incidence des réalités sociales sur les comportements : la dureté même de la vie pousse le personnel à un chacun-pour-soi permanent. Les relations s'aigrissent, minées par l'intérêt, la jalousie, la peur de manquer. Des liens ne se tissent que rarement et difficilement au sein du personnel, et les trahisons sont fréquentes.

Les vendeurs forment une collectivité nombreuse, mais pas une communauté; s'ils sont matériellement très proches, puisqu'ils se côtoient sans arrêt, cette «promiscuité de caserne» (l. 8) ne connaît ni fraternité, ni solidarité. Au lieu d'être réglés par des habitudes communes, les vendeurs vivent comme dans une «débandade de voyageurs» : on se croise sans se connaître, les gens restent des inconnus, ou se détestent.

Des amours vénales

Les conditions financières accordées aux jeunes vendeuses sont si difficiles que la plupart sont contraintes de prendre un amant. Sans que l'on puisse parler à proprement parler de prostitution, il s'agit cependant d'une forme de vénalité, très fréquente alors dans les milieux populaires. Le protecteur donne un peu d'argent à sa maîtresse, lui fait des cadeaux, la loge. Pauline, qui deviendra l'amie de Denise, sort ainsi tous les soirs pour retrouver son amant (l. 26 à 28). Elle conseillera à Denise de «prendre quelqu'un» (p. 177). Mais celle-ci, âme pure et vertueuse, refusera toujours.

Lutte pour la vie et concurrence

Une dure lutte entre les forts et les faibles s'accomplit chaque jour entre les vendeurs. Zola montre le darwinisme social à l'œuvre dans le magasin : Darwin affirme que dans la vie biologique, les meilleures espèces seules subsistent, parce qu'elles sont adaptées au milieu. De la même façon, dans la vie sociale, les plus forts l'emportent sur les autres.

La solidarité ne peut exister dans le magasin, parce qu'il règne entre les rayons une dure concurrence. Les rivalités sont personnelles, mais existent aussi au niveau de chaque rayon. En effet, chacun fait son propre chiffre d'affaires et possède une certaine autonomie d'action. Comme les vendeurs sont solidaires de leur rayon, ils se trouvent donc avec les autres vendeurs en état de «guerre ouverte» (l. 23).

Les déterminismes sociaux pèsent sur les êtres humains, réduisant à néant leur liberté. La thèse de Zola naturaliste, c'est que l'homme n'est que le résultat des déterminismes qui l'entourent. Le roman expérimental confirme admirablement cette thèse.

CONCLUSION

L'analyse que Zola fait ici de l'envers du décor apparaît très pessimiste. Le «Bonheur des Dames» choie ses clientes et pressure ses vendeuses. Mais clientes et vendeuses sont considérées selon une commune logique d'exploitation. Le système libéral, qui vise exclusivement le profit financier, conduit à l'aliénation des êtres humains. Derrière les séduisantes façades du Grand Magasin, une terrible déshumanisation est en marche.

Texte 5 — Chapitre 9

(*Au Bonheur des Dames,* pages 289 et 290)

Le caissier et son fils se déchargèrent. La sacoche eut une claire sonnerie d'or, deux des sacs en crevant lâchèrent des coulées d'argent et de cuivre, tandis que, du portefeuille, sortaient des coins de billets de banque. Tout un bout du grand bureau fut couvert, c'était comme l'écroulement d'une fortune, ramassée en dix heures.

Lorsque Lhomme et Albert se furent retirés, en s'épongeant le visage, Mouret demeura un moment immobile, perdu, les yeux sur l'argent. Puis, ayant levé la tête, il aperçut Denise qui s'était écartée. Alors, il se remit à sourire, il la força de s'avancer, finit par dire qu'il lui donnerait ce qu'elle pourrait prendre dans une poignée ; et il y avait un marché d'amour, au fond de sa plaisanterie.

— Tenez ! dans la sacoche, je parie pour moins de mille francs, votre main est si petite !

Mais elle se recula encore. Il l'aimait donc ? Brusquement, elle comprenait, elle sentait la flamme croissante du coup de désir dont il l'enveloppait, depuis qu'elle était de retour aux confections. Ce qui la bouleversait davantage, c'était de sentir son cœur battre à se rompre. Pourquoi la blessait-t-il avec tout cet argent, lorsqu'elle débordait de gratitude et qu'il l'eût fait défaillir d'une seule parole amie ? Il se rapprochait, en continuant de plaisanter, lorsque, à son grand mécontentement, Bourdoncle parut, sous le prétexte de lui apprendre le chiffre des entrées, l'énorme chiffre de soixante-dix mille clientes, venues au *Bonheur* ce jour-là. Et elle se hâta de sortir, après avoir remercié de nouveau.

INTRODUCTION

Situer le passage

La scène se passe le 14 mars, au soir de la grande exposition des nouveautés d'été. Denise, après avoir été chassée du magasin, a été embauchée à nouveau par Mouret, tombé progressivement sous le charme de la jeune fille. Désireux de la séduire, il lui demande de passer à son bureau, et lui annonce sa promotion au rang envié de seconde (c'est-à-dire sous-chef du rayon). Mais le caissier, Lhomme, interrompt l'entretien : il vient, comme tous les soirs, apporter la recette dans le bureau du patron. La journée a été bonne, la somme est considérable.

Dégager des axes de lecture

Le cérémonial de la recette du soir donne lieu à une mise en scène qui souligne le prestige de l'argent dans la société du Second Empire. Cet argent tout-puissant sera pourtant incapable de livrer Denise au désir de Mouret, révélant ainsi la confrontation entre deux univers de valeurs opposés.

PREMIER AXE DE LECTURE
ARGENT ET POUVOIR

Une mise en scène

Pour Mouret, la recette de 587 000 francs est un record encore jamais atteint. Sous le Second Empire, les achats courants se font encore essentiellement en pièces d'or, d'argent et de cuivre. Aussi, cette somme considérable représente une masse bien visible, qui frappe l'imagination. C'est en effet un véritable trésor que l'on dépose chaque soir sur le bureau du patron, dans une mise en scène que Mouret affectionne. La « claire sonnerie d'or » (l. 2) des sacoches résonne triomphalement, les « coulées d'argent et de cuivre » (l. 3) inspirent à tous respect et admiration. La masse considérable recouvre « tout un bout du grand bureau » (l. 4-5). Le caissier, épuisé par le poids des sacs, s'éponge longuement le visage, rempli de l'importance de sa mission.

Cette scène se répète à plusieurs reprises dans le roman, le soir des quatre grandes ventes. À chaque fois, ce cérémonial remplit tous les assistants de joie et de respect. Sa signification est claire : l'argent est le symbole même du pouvoir.

Mouret et l'argent

Face à cette somme colossale, Mouret éprouve d'abord la gaieté et la satisfaction de l'homme qui a réussi son pari, et voit ses entreprises couronnées de succès. Cependant, Mouret n'est pas un homme cupide ni avare. S'il reste silencieux, perdu dans une contemplation fascinée (l. 8-9), les yeux fixés sur l'argent, ce n'est pas qu'il l'aime pour lui-même. Mais il sait que l'argent représente le pouvoir, car il lui offre la possibilité de réaliser ses projets grandioses et de satisfaire son appétit de plaisirs.

L'insistance sur le fait que cette « fortune » a été « ramassée en dix heures » (l. 6) souligne l'extraordinaire rendement financier du Grand Magasin. Le chiffre fabuleux de soixante-dix mille clientes montre le pouvoir que Mouret est en train d'acquérir sur la société, par le biais de cette clientèle immense qu'il a su attirer à lui. Zola est conscient de l'importance de cette nouvelle idole qu'est l'argent, dont le monde moderne a consacré le pouvoir. Le roman montre comment l'aristocratie de l'argent et de l'énergie remplace les aristocraties traditionnelles.

Un « marché d'amour »

Mouret pense que l'argent permet de tout acheter : position sociale, respectabilité, plaisir. Il est l'homme des amours faciles, intéressées ou même vénales. Il a coutume de choisir parmi ses vendeuses celles qui lui plaisent, en les payant par des cadeaux, des promotions, de l'argent. Quand il tombe amoureux de Denise, c'est tout naturellement qu'il lui offre ce « marché d'amour » (l. 13). Dans un monde où tout se vend, les faveurs d'une femme sont une marchandise comme une autre. Il offre donc en cadeau à Denise tout ce qu'elle pourra prendre dans une main. Le marchandage est implicite, et cependant parfaitement clair pour tous les deux.

DEUXIÈME AXE DE LECTURE
MOURET ET DENISE :
DES VALEURS INCOMPATIBLES

Une scène de séduction

Mouret est un séducteur. Son sourire exprime le désir de plaire, mais aussi la confiance en soi d'un homme sûr de son charme et de sa puissance. Son ton enjoué, que restitue bien le style direct (l. 14-15), est destiné à atténuer la brutalité du marché, autant pour lui-même que pour Denise. L'offre de l'argent est présentée comme une «plaisanterie» (l. 13). Lorsqu'il parie «pour moins de mille francs», le jeu de la devinette sert à adoucir le caractère trop direct du chiffre.

Le passage met en scène un langage du corps : les mouvements corporels viennent se substituer aux paroles, trop embarrassantes. Le jeu de Mouret, lorsqu'il se rapproche de Denise ou la contraint de s'avancer vers lui (l. 11), traduit le désir qu'il ressent pour la jeune fille. De son côté, Denise recule peu à peu, pour lui échapper. Les réticences de la jeune fille apparaissent à travers ce mouvement de pudeur. Finalement elle s'échappe, profitant de l'intervention opportune de Bourdoncle, venu à dessein interrompre le tête-à-tête. En effet, ce dernier pressent que l'attirance de son patron pour Denise est profonde, et désire empêcher une liaison entre eux.

La révélation de l'amour

Cette scène joue un rôle décisif dans l'intrigue amoureuse qui se noue entre Mouret et Denise. Celle-ci comprend soudain l'attirance que Mouret éprouve pour elle. Le discours indirect libre (l. 16 à 23) exprime l'émotion de Denise, quand elle sent brusquement la force du «coup de désir» de son patron. Elle-même est bouleversée, sans bien comprendre pourquoi. En réalité, Denise aime déjà Mouret, bien qu'elle ne le sache pas elle-même. Cependant, sa pudeur l'empêche de se rendre aux avances de son patron, et son amour sincère répugne à une liaison vulgaire.

▍L'échec de Mouret

Denise est profondément choquée et peinée de l'offre de l'argent. Bien loin de la tenter, la proposition la blesse. En effet, elle n'appartient pas au même univers moral que tous ceux qui l'entourent. Insensible à la valeur de l'argent, dont elle a pourtant cruellement besoin, Denise aspire à un amour vrai et désintéressé. Le vocabulaire du sentiment, avec les mots «gratitude», «une parole amie» (l. 22-23), indique son attachement profond aux valeurs authentiques, celles du cœur. Aussi l'argent produit-il sur elle le résultat inverse de celui que Mouret escomptait.

Denise échappe à tous les déterminismes qui guettent habituellement les héros de Zola. Et pour cause : elle n'est pas un personnage de roman réaliste ou naturaliste, mais une héroïne de roman populaire ou de mélodrame. Sa pureté reste inaccessible à toutes les tentatives de corruption. Ainsi, l'homme riche échoue face à la jeune fille pauvre et vertueuse.

CONCLUSION

Mouret va renouveler sa tentative de séduction : à chaque fois, la somme est plus importante, à la mesure de son désir croissant, exaspéré par les refus de Denise. Dans la dernière page du roman, cette scène se reproduit presque à l'identique. Mais, vaincue par la passion profonde de Mouret, Denise cèdera enfin, accomplissant ainsi la revanche de la femme sur l'individu qui la flatte et l'exploite.

Texte 6 — Chapitre 13
(Au Bonheur des Dames, pages 382)

Dès neuf heures, Denise était venue, pour rester auprès de sa tante. Mais, comme le convoi allait partir, celle-ci, qui ne pleurait plus, les yeux brûlés de larmes, la pria de suivre le corps et de veiller sur l'oncle, dont l'accablement muet, la douleur imbécile inquiétait la famille. En bas, la jeune fille trouva la rue pleine de monde. Le petit commerce du quartier voulait donner aux Baudu un témoignage de sympathie ; et il y avait aussi, dans cet empressement, comme une manifestation contre le *Bonheur des Dames*, que l'on accusait de la lente agonie de Geneviève. Toutes les victimes du monstre étaient là, Bédoré et sœur, les bonnetiers de la rue Gaillon, les fourreurs Vanpouille frères, et Deslignières le bimbelotier, et Piot et Rivoire les marchands de meubles ; même Mlle Tatin, la lingère, et le gantier Quinette, balayés depuis longtemps par la faillite, s'étaient fait un devoir de venir, l'une des Batignolles, l'autre de la Bastille, où ils avaient dû reprendre du travail chez les autres. En attendant le corbillard qu'une erreur attardait, ce monde vêtu de noir, piétinant dans la boue, levait des regards de haine sur le *Bonheur* dont les vitrines claires, les étalages éclatants de gaieté, leur semblaient une insulte, en face du *Vieil Elbeuf*, qui attristait de son deuil l'autre côté de la rue. Quelques têtes de commis curieux se montraient derrière les glaces ; mais le colosse gardait son indifférence de machine lancée à toute vapeur, inconsciente des morts qu'elle peut faire en chemin.

INTRODUCTION

Situer le passage

Geneviève Baudu, la cousine de Denise, vient de mourir. Cette mort est due à une longue maladie d'anémie, contractée dans la boutique sombre et malsaine de ses parents, mais aussi au chagrin : son mariage a été indéfiniment retardé par son père, désireux de laisser au jeune couple un commerce prospère. Surtout, son fiancé Colomban est tombé passionnément amoureux d'une vendeuse du « Bonheur des Dames », et l'a quittée. Denise se rend à l'enterrement de la jeune fille, bouleversée par tous ces malheurs,

Dégager des axes de lecture

La mort de Geneviève a une dimension symbolique : elle marque un coup fatal pour la famille Baudu, depuis longtemps entrée en déclin dans sa lutte impossible contre le Grand Magasin. Avec cette famille, c'est tout le quartier des petits commerçants qui souffre et meurt. Dans cet épisode, Zola veut signifier la fin d'un système économique et social, balayé par le nouvel ordre de choses imposé par le progrès.

PREMIER AXE DE LECTURE
UNE MORT SYMBOLIQUE

Dans le roman zolien, de nombreux événements possèdent une dimension symbolique. La mort de Geneviève présente une dimension d'abord familiale ; mais elle possède aussi une signification plus large.

Un drame pathétique

Dans la triste histoire de la famille Baudu, la mort de Geneviève est l'événement le plus dramatique. Avec elle, ses parents ont perdu leur dernier enfant. Le début du texte souligne les ravages causés par cette mort, le chagrin affreux de la mère, avec ses yeux « brûlés de larmes ». Le père de Geneviève présente un état plus inquiétant encore : assommé par une «douleur imbécile» (l. 5), il semble avoir perdu l'esprit. La mort de Geneviève sera suivie de celle de sa mère, et le père sombrera ensuite dans le désespoir. Impuissante, Denise ne peut offrir à ses parents que son soutien moral et sa compassion.

La mort du petit commerce

Un enterrement possède aussi une dimension sociale. Celui de Geneviève réunit autour du corps les amis et relations de la famille. Ils représentent une entité collective, celle de la boutique. Les termes utilisés pour les désigner sont significatifs : «le petit commerce du quartier» (l. 6-7), ou encore ce «monde» (l. 18). La mort de Geneviève annonce le déclin inéluctable des petits commerçants. Eux-mêmes sont conscients de leur solidarité avec les Baudu. L'enterrement leur donne l'occasion de se réunir, pour une dérisoire «manifestation» (l. 9) contre le grand magasin. Sans doute pressentent-ils que cette mort annonce symboliquement la leur.

Le « Bonheur des Dames » responsable

Les responsabilités sont claires pour tout le monde. La mort de Geneviève est un meurtre dont le Grand Magasin est responsable. En effet, les Baudu ont été acculés à la ruine par leur concurrent, et les malheurs domestiques sont la conséquence directe de leurs difficultés financières. Quant à Colomban, il a été séduit par Clara, mais symboliquement, c'est encore le «Bonheur des Dames» qui est responsable du drame. Le ressentiment des victimes éclate dans les «regards de haine» (l. 19) qu'ils jettent contre les brillants étalages du magasin. À cette haine, l'ennemi répond par une «indifférence» (l. 24) plus insultante encore.

DEUXIÈME AXE DE LECTURE
DEUX MONDES QUI S'OPPOSENT

Zola étudie ici en sociologue et en économiste les mutations du monde contemporain.

Un réseau d'oppositions

L'écriture souligne constamment que ces deux mondes sont en complète opposition : aux boutiquiers, « ce monde vêtu de noir, piétinant dans la boue » (l. 18-19), s'opposent les vitrines « claires » du magasin. À la tristesse qui serre les cœurs s'opposent « les étalages éclatants de gaieté » (l. 20-21). D'un côté, le deuil, de l'autre les commis « curieux » et l'« indifférence de machine » (l. 24) du magasin. Ici règne la mort, là triomphe la vie. Chaque fois que Zola évoque les boutiquiers parisiens, on retrouve sous sa plume le lexique de la décadence et de la ruine.

Les Grands Magasins se construisent sur la ruine du commerce traditionnel, avec le cortège de souffrances matérielles et morales qu'elle implique.

La fin d'un système

La longue énumération des personnes présentes est significative : tous sont des boutiquiers victimes de Mouret. On distingue parmi eux deux catégories : les victimes les plus anciennes, la lingère et le gantier, « balayés depuis longtemps par la faillite » (l. 14-15), parce que leur activité les a mis en concurrence très tôt avec le « Bonheur des Dames ». Autrefois patrons, ils ont dû descendre au rang de simples employés. Ensuite viennent les victimes actuelles et futures du grand magasin, bonnetier, fourreur, marchand de bibelots et de meubles (l. 10 à 13), menacés pour l'instant seulement dans leur chiffre d'affaires… jusqu'aux prochaines initiatives de Mouret, qui constamment élargit le cercle de ses activités.

Zola analyse ici la fin de tout un système commercial, celui du commerce indépendant, à structure familiale, à mentalité traditionnelle, qu'il considère comme condamné par l'évolution économique de son temps. Comment ces commerçants, fragilisés par leur petite taille et leur isolement, pourraient-ils tenir tête à un « colosse » (l. 24) comme le « Bonheur des Dames » ?

Un contraste excessif

Zola a encore accru le contraste entre les concurrents : il donne du petit commerce une image excessivement sombre et vieillotte, et accentue considérablement le dynamisme de son Grand Magasin. L'ascension foudroyante du «Bonheur des Dames» est proportionnelle au déclin accéléré des boutiquiers. Dans la réalité, les Grands Magasins n'ont pas tué le petit commerce, mais l'ont forcé à se restructurer et à évoluer.

Zola est favorable au progrès, dont le dynamisme est positif, même si dans son avancée il multiplie les morts. L'image de la machine «inconsciente des morts qu'elle peut faire en chemin» (l. 25-26), s'applique aussi bien au Grand Magasin qu'au progrès dans son ensemble.

CONCLUSION

Un monde nouveau s'édifie sur les ruines de l'ancien. Denise, à la fin du chapitre (p. 390), se fait le porte-parole de Zola : elle pleure sur le malheur des vaincus, mais ne peut s'empêcher d'admirer l'œuvre de progrès accomplie par Mouret.

Bibliographie

MANUSCRITS

- Le manuscrit et le Dossier préparatoire du *Bonheur des Dames* sont conservés à la Bibliothèque Nationale, Département des Manuscrits, Nouvelles Acquisitions françaises, n° 10275 et 10276 pour le manuscrit et n° 10277 et 10278 pour le Dossier préparatoire.

ÉDITIONS DE RÉFÉRENCE

- *Les Rougon-Macquart. Histoire naturelle et sociale d'une famille sous le Second Empire*, édition intégrale en cinq volumes publiée sous la direction de Colette Becker, Paris, Laffont, coll. «Bouquins», 1991.
- *Les Romans d'Émile Zola*, présentés par Henri Guillemin, Lausanne, Éditions Rencontres, 1960-1962, 24 volumes, tome II. *Œuvres Complètes de Zola*, Cercle du livre précieux, tome IV.
- *Au Bonheur des Dames*, GF – Flammarion, de Colette Becker.

QUELQUES ÉTUDES SUR ZOLA

- MITTERAND Henri, *Zola et le naturalisme*, Paris, PUF, 1989.
- BERTRAND-JENNINGS Chantal, *L'Éros. L'Éros et la femme chez Zola*, Klincksieck, 1977.
- HAMON Philippe, *Le Personnel du roman : Le Système des personnages dans les Rougon-Macquart d'Émile Zola*, Paris, Droz, 1983.
- DEZALAY Auguste, *L'Opéra des Rougon-Macquart : Essai de rythmologie romanesque*, Klincksieck, 1983.
- RIPPOL Roger, *Réalités et mythes chez Zola*, Paris, Éd. H. Champion, 1981.
- SERRES Michel, *Feux et signaux de brume, Zola*, Paris, Grasset, 1975. Interprétation de l'œuvre à la lumière des théories de Carnot sur la thermodynamique. Sur *Au Bonheur des Dames*, voir p. 282 à 306.
- BECKER Colette, *Zola*, Paris, Éd. Bordas 1990.

Index

Guide pour la recherche des idées

Amour

Amour vénal	112, 116, 117
Passion amoureuse	15, 22, 25, 49 à 53

Argent

Le culte de l'argent	115 à 116
Argent et progrès	9

Architecture

Architecture moderne	34
Architecture intérieure	67, 98 à 99
Urbanisme	66

Boutique

Un système commercial	9, 19, 35
L'opposition avec les Grands Magasins	17, 55, 65, 80, 122 à 123

Grands Magasins

Vendeurs et vendeuses	36, 46 à 47, 76, 109 à 111
La lutte pour la vie	26, 84 à 85, 112
Une société de l'avenir ?	89
La critique du capitalisme	83, 84

Femmes

La vision de la femme	37, 42
Les types de clientes	46
La névrose des Grands Magasins	21, 33

Espace

Aménagement de l'espace 66
Espace intérieur, espace extérieur .... 67 à 68
L'espace et le Moi 69

Naturalisme

La documentation, le reportage .... 75 à 77
L'étude du milieu 22, 74
La précision de l'observation 19, 109

Poésie

La poésie épique .... 106 à 107
La poésie lyrique .... 101 à 102

Point de vue

Le point de vue des personnages .... 13, 78 à 79
La multiplication des points de vue 9

Procédés d'écriture

Descriptions 20, 82
Dramatisation 12, 17, 55

Progrès

L'éclosion de la modernité 33, 90
Conception optimiste du progrès .... 53 à 54, 87 à 88
Publicité 34, 36
Philosophies optimiste et pessimiste 38, 41, 113

Roman

La conception zolienne du roman 16, 74
Structure du roman 18, 55
Un roman d'initiation 15, 44

Symbolisme

Un espace symbolique	28, 56, 58
Des épisodes symboliques	26, 120 à 121
Les métaphores centrales	26
Les principaux mythes	28, 58, 70 à 73, 95 à 96, 104 à 105

Sensualité

Sensualité du magasin	82, 94
Sensualité des clientes	100

Temps

La temporalité du récit	52 à 62
Temps romanesque et temps historique	62 à 64

Les références renvoient aux pages de ce Profil.

Achevé d'imprimer par CPI Bussière à Saint-Amand (Cher) - France
Dépôt légal : 74070-1/08-Février 2013. N° d'imp. : 2001286.